めちゃモテ御曹司は
ツンデレ万能秘書が可愛くってたまらない

小出みき

Illustration
小禄

gabriella plus

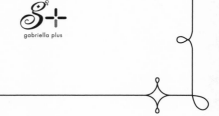

めちゃモテ御曹司はツンデレ万能秘書が可愛くってたまらない

contents

gabriella plus

イラスト／小禄

めちゃモテ御曹司はツンデレ万能秘書が可愛くってたまらない。

序章　衝撃の再会

東京国際空港《とうきょうこくさいくうこう》──通称羽田《はねだ》空港の国際線、到着ゲート前。

壺井祢々《つぼいねね》は胸の前にカードを掲げ、次々吐き出されて来る搭乗客に目を凝らしていた。

カードに極太の油性マジックペンで書かれた名前は『東雲様《しののめさま》』。下の名前もわかっているが顔は知らない。

（年齢は確か三十二歳……）

それらしい年頃のビジネスパーソンを見つけては視線を向けるが、誰も祢々の持つカードに目を留《と》めない。人の流れが一段落してもそれらしき人物は現われなかった。

そわそわと背伸びをし、かかとを下ろすとミッドヒールがコツンと鳴った。

祢々が身につけているのは紺色のシックなスーツ。極細の銀のストライプが入っているので紺でも地味すぎない。役員秘書という仕事柄、それなりに値の張るブランドものだ。膝丈のスカートはタイトな作りでも足さばきが良く、ジャケットはウエスト周りのカッティングが絶妙で、すらりとして見える。

セミロングの髪はいつもＣＡ風の夜会《やかい》巻きにしている。がんばって練習したかいあって、今では五分もあればササッとできるようになった。

今まで専務付きだった祢々は、この四月から新任の副社長に付くことになった。今日がその初顔合わせ。ニューヨークから戻ってくる副社長をお出迎えするのだ。

秘書課で働き始めて五年経《た》つが、まったく面識のない人物に付くことになったのは初めてだ。顔写真くらい確認しておきたかったのに、祢々がアクセスできた人事データは何故《なぜ》だか『調整中』で写真がなかった。

わかったのはいっぷう変わった名前と輝かしい学歴、いくつかの子会社で常務や専務をしていた経歴くらい。それも彼が東雲グループの御曹司と知れば納得はいく。三十二歳でいきなり副社長とはいかにも同族企業らしい人事だ。

（仕事そっちのけで遊んでばかりのボンボンね）

だからこそ秘書としての経験豊富な祢々が抜擢《ばってき》されたのだろう。

それにしても。何故、新副社長はゲートから出てこないのか――。

（おかしいわね。確かにこの便に乗ったはずなのに）

何か行き違いでもあったのだろうか。出迎えに行くことは伝わってるはずだし、離陸を見送った現地スタッフからの連絡もしっかりあったのに。

（しかたないわ、会社に電話を……）

溜息《ためいき》をつき、スマートフォンを探りながらくるりと向きを変えた瞬間、サングラスをかけた人物と目が合った。

背が高く、わりと色白。すらりとしているがひょろひょろではなく、いわゆる細マッチョ体型。髪は明るい胡桃《くるみ》色で、目の色や顔立ちが定かでないため日本人か外国人かにわかに判別がつかない。

ベージュのジャケットにオフホワイトのチノパン、白と紺のサドルシューズ。機内持ち込みのボストンバッグを無造作に肩に担いでいる。どれもカジュアルだが高級品なのは間違いない。

（チャラそうな男。芸能人かしら？）

どっちにしても関係ないわ……とスルーして立ち去ろうとすると、彼は祢々の進路をふさぐように歩み寄った。

「やぁ」

「はい？」

眉をひそめ、男を見上げる。確実に身長は一八〇以上ありそうだ。愛想よくも堂々とした物腰は自信にあふれている。

（まさかナンパ？　こんなところで）

袖口からスポーツテイストの高級腕時計が覗《のぞ》いているので時間を訊《き》きたいわけでもあるまい。見覚えはないけれど、ここにいるということは彼もあのゲートから出てきたのだろう。

祢々に目をつけて、様子を窺《うかが》っていたのか。派手さは薄いが整った顔立ちの祢々は、見知らぬ男性から声をかけられることがたまにある。顔見知りからは敬遠されているのに。

「何かご用でしょうか。わたくし仕事中ですので――」

「うん。だから、迎えに来てくれたんだよね？」

少し苛立《いらだ》っていた祢々は、ふだんの五割増くらいつっけんどんに返しつつ相手の返答に当惑した。血色のよい唇でにっこり微笑《ほほえ》んだ男が、おもむろにサングラスを外す。

「…………っ‼」

顔を見た瞬間、祢々は固まった。

すごいイケメンだったからではない。知った顔だったからだ。というより、全力で記憶から抹消したい顔だった。

（嘘《うそ》……。嘘嘘嘘っ！　なんでっ、どうしてっ、あの男が……ここに……⁉）

青ざめ混乱する祢々に彼は一見人畜無害《じんちくむがい》そうな笑みを浮かべた。

「俺が東雲遠流《とおる》です。よろしくね。秘書の、ええと……壺井祢々さん？」

ふたたびにっこり。

まぁ、なんていい笑顔――じゃなくてっ！

（気絶したい……）

生まれて初めて、祢々は心底そう願った。

第一章　行きずりの夢の恋人――のはずでは!?

　前年の九月。インドネシアはバリ島に、祢々はいた。

　リゾート地として有名なバリ島だがバカンスに来たわけではない。友人の結婚式に招かれて、やむなく訪れたのだ。

　欠席することもできたのだが、妙な意地とプライドから、気がつけば『出席』を、やけに高い筆圧で黒々と囲っていた。夏期休暇に有給をくっつけ、一週間の休みを取った。

　――やっぱりバカンスだわ。結婚式はそのついでで。あくまで『ついで』に出席して『あげた』のよ。たまたまバリ島一人旅の計画を立ててたから！　時期もたまたま合ったんで！

　言い訳はともかく、祢々はバリ島へやってきた。『新婦友人』というくくりで。正確には『元友人』だが。友絵《ともえ》とは大学で出会ってからずっと仲良しだったが、すでに決裂している。

　彼女はバリ島の美しいビーチに面した高級リゾートホテルのチャペルで挙式するのだ。祢々の元カレと。人の彼氏を寝取っておいてぬけぬけと結婚式の招待状を寄越《よこ》すとは、面の皮は想像以上に分厚かったらしい。

おそらく欠席を見込んでの招待だったのだろう。場所も海外だし、『わたしたち結婚するのよ～、それもバリ島の超高級リゾートでね～！　どーお？　悔しいでしょう――勝者の高笑い――』みたいなノリで。

祢々も招待状を見た瞬間は、誰が行くもんか！　と逆上したが、少し落ち着くといじわるな気持ちが頭をもたげた。招待されたんなら行ってやろうじゃないの……！

そう思えばふつふつと闘志のようなものが沸き上がってくる。

わざと招待状の返事を期限ギリギリに出したからふたりは慌てふためいたに違いない。宿泊代や交通費で向こうの負担を増やしてやれると思えばいくらか胸もすく。我ながらずいぶん性格が悪くなったものだ。

バリ島のビーチは写真で見るよりずっと美しかった。思わず新郎新婦の幸せを本気で願ってしまうくらいに。

そんな気分でいられたのもブーケトスが故意か偶然か祢々の手元に飛んでくるまでのこと。

花嫁が後ろ向きでブーケを投げ、それを受け取った女性が次に結婚できるという、アレ。

後ろ向きで投げたのだし、友絵は祢々がどの辺にいるのかわかっていなかったのだから、本当に偶然だったのだろう。中学・高校とソフトボール部だった友絵は、つい『投げる』という行為にリキが入ってしまったのかもしれない。

ブーケトスはバリ島の蒼《あお》い空に弧を描き、狙い澄ましたかのように祢々の手元に落ちてきた。

事情を知らない招待客がワッと沸く。振り向いた新婦は『ヤバ！』と内心で叫んだに違いない。ものすごく気まずそうな顔になった。ブーケの行方を見ていた新郎はすでにあちゃー……という顔だ。あの顔にブーケを叩きつけてやれたら、どんなにスッキリすることか。

周囲の友人たちの手前、祢々はブーケを握って笑ってみせた。新郎新婦には般若《はんにゃ》に見えたはず。引き攣《つ》り笑いを返しながらふたりが恐れおののいていることなどお見通しよ。

限定的アクシデントはあったものの、式も披露宴もとどこおりなく終了した。

さすがに超一流リゾートだけあってディナーは絶品。新郎新婦への怨《うら》みは多々あれど、食べ物にはなんの罪もないので美味《おい》しくいただいた。

わざわざ海外までお祝いにかけつけた友人たちの気分を害する気もなかったので、そつなく歓談する。秘書としての対人スキルが意外なところで役立った。

独身の友人たちは新郎側の同じく独身の招待客と盛り上がっている。バーで一緒に飲もうよと誘われたが、頭痛がすると断って部屋に戻った。

祢々はひとり部屋で、しかも他の友人たちとずいぶん離れている。来ないと見込んですでに部屋を割り振み済みだったのだろう。あるいは新郎との馴《な》れ初《そ》めを事情を知らない友人たちに暴露されるのを恐れたのかもしれない。

（そこまでする気は、さすがにないわよ）

それを言ったら自分が彼氏を盗《と》られたことまで知れ渡ってしまうではないか。友人たちは気の毒がってくれるだろうけど、同情されるのはごめんだ。

お酒を飲みたい気持ちはあったが、下手に酔うとうっかり失言してしまうかもしれない。それくらいなら部屋でひとり心置きなくやけ酒を呷《あお》ったほうがいい。

部屋のミニバーには何種類ものお酒が入っていたが、それは後回しにしてルームサービスでシャンパンを頼んだ。トロピカルフルーツ盛り合わせと生ハムメロンもついでに注文。

「かんぱーい」

誰もいない部屋で、ひとりグラスを傾ける。

「んー、美味し！」

弱くはないが、フルボトルを一気に半分空けると頭がふわふわしてきた。祢々はケタケタ笑いながらひとりくだを巻いた。

「ふふーんだ。あーんな浮気男、あんたに譲ってやるわよ。あたしのお下がりでよければね〜。どーせあんただって、すーぐ浮気されちゃうに決まってんだから」

祢々はテレビの横に放置されたブーケを胡乱《うろん》な目付きで睨《にら》んだ。

「……あんたのお下がりなんか、いらないわよ」

むんずとブーケを掴《つか》み、祢々はふらふらと部屋を出た。

「――わぁっ、凄《すご》い星……！」

ビーチに立った祢々は、しばし声もなく満天の星を見上げていた。きっとこの星空は何があっても変わらない。嬉《うれ》しい時も悲しい時も、いつだって自然は美しいのだ。

不思議な気分だった。突き放されたようでもあり、見守られているようでもあり――。

さよなら、しよう。壊れてしまった恋にも、ぐちゃぐちゃになった気持ちにも。

ザーン。

ザザーン……。

白い砂浜に波が打ち寄せる。

祢々はビーチサンダルを脱ぎ捨て、海に向かった。できるだけ遠くに放《ほう》りたかったので、膝丈ワンピースの裾が濡《ぬ》れるのもかまわずバシャバシャ進む。

ブーケをぎゅっと握りしめ、目を閉じて深呼吸をひとつ。いざ、星空と海が溶け合う真夜中の水平線めがけ、渾身《こんしん》の力でブーケをぶん投げようとした瞬間――。

「早まっちゃだめだーっ！」

波を蹴散らす無粋な音と叫び声がしたかと思うと、背後からガバと誰かに抱きつかれた。

「ひぃぃっ⁉」

パニクった祢々は無我夢中で暴れ、手にしたブーケで暴漢（？）をバシバシ叩きまくった。

「きゃあーっ、痴漢！　痴漢よっ、誰か助けてぇっ」

「ちょ、待て、違……うわっ」

バランスを崩した暴漢（??）が尻餅をつく。バシャン！　と派手に水しぶきが上がり、祢々は慌てて後退《あとずさ》った。

「それはこっちの台詞《せりふ》よ！」

「ああ、びっくりした～」

身構えながら憤慨する祢々に、海のなかで尻餅をついたまま男は苦笑した。

「いや、入水《じゆすい》自殺する気かと思って……」

「違いますッ！　このブーケを投げようとしただけ！」

「そっか。ならよかった」

男は笑って濡れた前髪を掻《か》き上げた。身につけているのはボードショーツ一枚。泳いでいたのだろうか。ビーチに人影はなかったはずだけど……。

立ち上がった男が軽く小首を傾《かし》げる。星明りだけでもすごいイケメンなのがわかった。文字どおり水もしたたる佳い男。身長は一八〇以上ありそうだが、しぐさが気さくで威圧感はない。しかし、どす黒く燻《くすぶ》っている今の祢々には爽やかなイケメンなどわずらわしいだけだ。

「まだ投げる気ある？」

「え？」

「ブーケ。それ、結婚式のブーケトスで受け取ったやつだろう？」

「な……なんで知ってるの」

「写真撮ってたから」

「しゃ、写真⁉」

「違う違う、仕事だよ。結婚式の写真を撮ってたんだ」

「……カメラマン？」

「の、助手。アルバイトだけどね」

にっこりと彼は笑った。

「実は、ちょっと気になってたんだ。ブーケを受け取った瞬間、きみ……一瞬、泣きそうな顔をしたからさ」

祢々は言葉に詰まり、ブーケを握りしめた。パニクって叩きまくったせいで、ゴージャスなブーケはすでによれよれになっている。

（──今のわたしみたい）

絶句する祢々の瞳から涙がこぼれた。

「あっ⁉　ご、ごめん！」

何故か男が慌てて謝る。祢々は荒々しく涙をぬぐい、キッと男を睨んだ。

「なんで謝るのよ⁉　言っとくけど泣いたんじゃないから！　海水が目にしみただけ！」

「う、うん。いや、俺を叩いたせいで、ブーケがボロボロになっちゃって……。ごめんよ」

八つ当たりなのは明らかなのに、男はムッとすることもなく神妙《しんみょう》に謝る。祢々は毒気を抜かれてそっぽを向いた。

「……別に。どうせ捨てるんだし」

「あのさ。捨てるんなら、ここじゃなく、あっちのほうがいいと思うな」

ゆるいカーブを描いている砂浜の向こうを指して男は言った。

「なんで？」

「潮の流れ的に、向こうで投げたほうが沖まで持っていってもらえるはずだ。ここだと、下手するとホテル直下のビーチに打ち上げられちゃうかも」

それはイヤだ。

「よく知ってるわね」

「サーフィンもするんで」

「あ、そ」

そっけなく頷《うなず》いて、祢々は男が指したほうへザブザブと波を掻き分けて歩きだした。

「待って、ビーサン忘れてる――」

「ついて来ないでよ！　心配しなくても死ぬつもりはないから」

ひったくるようにビーチサンダルを受け取り、祢々は男を睨んだ。

「ブーケを投げた勢いでひっくり返るかもしれないだろ。暗いとパニックになりやすい。浅くても溺れる可能性がある」

　生真面目に言って男は祢々を追いかけた。チャラそうなのに意外と親切だ。いや、下心ありありの親切かもしれない。用心しないと。

　祢々は警戒心を強めたが、男は気にした様子もなく話しかけてくる。

「俺、トオル。きみは？」

　チャラそうな名前。すっかりやさぐれモードの祢々は、ど偏見で決めつけ返事をしなかった。

「本名がダメならハンドルネームとかでもいいよ？」

　食い下がられ、面倒になって答える。

「じゃあハナコ」

「やー、きっついなぁ、ハナコさんて」

「ナンパなら余所《よそ》でやって。いくらでも引っかけられるでしょ」

「んー。俺が気になるのはハナコさんだから、ね」

　ニコッと笑うと夜目にも皓《しろ》い歯並びがちらりとかいま見え、不覚にもドキッとしてしまう。

　まったくムカつくほどの爽やか君だ。チャラ男のくせに（偏見）。

　口をへの字に引き結び、右手にブーケ、左手にビーチサンダルを掴んで波打ち際をズンズン歩く。傍《かたわ》らにはボードショーツ一丁のイケメン。ちらと盗み見るときれいに割れた腹筋が目に入ってまたもやドキッとしてしまい、もやは残骸《ざんがい》一歩手前のブーケで己を叩きたくなった。

（いい年こいてチャラ男のナンパにうかうか乗せられてんじゃないわよーっ）

「――あ、この辺でいいんじゃないかな」

ハタと気づけば、ずいぶん遠くまで歩いてきてしまった。ホテルのプライベートビーチのほとんど端っこだ。

「それ、持っててあげる」

言われてビーチサンダルを預け、ブーケを握りしめて海に入る。打ち寄せる波に逆らいながら腰まで海に浸《つ》かり、足を踏ん張って「えーいっ」と全力でブーケを投げた。

たいして遠くまで飛ばずに落ちたが、しばらく見守っているとゆらゆらと波に揺られながらブーケは次第に沖のほうへ運ばれていった。

祢々は遥《はる》か遠い濃紺《のうこん》の水平線を睨みつけ、流れるままにボロボロと涙をこぼした。

やがてトオルが近づいてきて、そっと肩に手を回す。

「そろそろ戻ろうか。いくら南国でも、あまり長く夜の海に浸かっているのはよくない」

祢々は無言で頷き、浜辺に向かって歩きだした。

「……海水で顔がびしょ濡れ」

「うん」

「しょっぱい」

「そうだね」

穏やかに彼は頷いた。砂浜に上がり、海水を吸って重くなったワンピースの裾を絞る。トオルが跪《ひざまず》いてビーチサンダルを履かせようとするので祢々は慌てた。

「い、いいわよ、自分で履ける」

「いいから足上げて」

仕方なく言われるままに履かせてもらった。男性に跪いて靴を履かせてもらうなんて初めてだ。しかもこんなイケメンに。

(――ビーサンだけど)

使い捨てのつもりで出発直前に適当に選んだのが残念に思えてきて、祢々はまたひとしきり内心で毒づいた。

ホテルへ向かってぶらぶらと歩きだす。トオルが話しかけてこないのでなんだか気づまりだ。チャラいサーファーにナンパされたと決めつけてたけど、ひょっとして勘違いだった？　そういえば彼はカメラマンだと言ってたような。

「……ここに住んでるの？」

「ん、俺？　いや、少し滞在してるだけ。休暇でね」

「カメラマンじゃないの？」

「アルバイトだよ。知り合いが本職のカメラマンで、手伝いを頼まれたんだ。ハナコさんはバリ島は初めて？」

「ええ。友人の結婚式」

トオルは曖昧に頷いた。ブーケトスを受け取ったときの祢々を、彼は見ている。何かあることは想像がつくだろう。

「……失恋、した……とか？」

「昼間の新郎、元カレなの」

「あー……」

「新婦は元友だち」

「んん？」

トオルが眉をひそめて考え込む。

「ぶっちゃけ、友だちに彼氏盗られたわけよ」

行きずり相手の気軽さで告白すると、トオルは絶句した。

「――それで式に招待したのか。すごい神経だな」

「形だけでも招待しないわけにはいかなかったんでしょ。大学の友だちだから、他の子たちの手前。最初から欠席すると見込んでたのよ」

「でも応じたんだ？」

「欠席したら負けな気がして」

「見返してやろう、と？」

「というか、腹いせに水をさしてやろうかと思って。わたし、意地が悪くて性格も悪いの」

トオルはハハッと笑った。

「そうかなぁ。ブーケを受け取ったハナコさんは、なんというか、すごく脆《もろ》く見えたな。——うん、守ってあげたくなった。恋に落ちたのかもしれない。あの瞬間に」

祢々は呆気《あっけ》にとられて、まじまじとトオルを凝視した。

「……もしかして口説いてるの？」

「そんなつもりはなかったけど……そうなのかも。ハナコさんはどう思う？」

まじめくさった顔つきでトオルは顎を撫《な》でる。冗談なのか本気なのか、見分けがつかない。

「そんなことわたしに訊かれたって知らないわよ！　……もうっ、すっかり酔いが醒《さ》めちゃった。飲み直さなきゃ」

「じゃあ一緒にどう？　おごるよ」

「結構よ。部屋で飲むから」

「ひとりで振られ酒？」

「そーよ！　悪い⁉」

「悪かないけど、ひとりでクダまいてもつまんなくない？　付き合うよ」

「しつこいわね。イケメンだからっていつでも女が釣れると思ったら大間違いなんだからっ」

「俺、キャッチ・アンド・リリースなんで心配しないで」

「むやみに食べたりしないってことさ。今のハナコさん、ひとりにするの心配なんだよな～。飲みすぎて急性アルコール中毒にでもなったら大変だし」

生真面目に言われ、祢々は下唇を突き出すようにしてじろじろと彼を眺めた。元カレよりも断然イケメンだ。細マッチョな体格も悪くない……というか、正直かなり格好《かっこ》いい。

性格も悪くはなさそう。親切だし、多少の下心は大目にみてやるか……などと思ってしまったのは、たぶんまだまだ酔いが残っていたせい。

値踏みするような視線をどう取ったのか、相変わらずニコニコしながらトオルが言い出した。

「ハナコさん、俺をお持ち帰りしない？」

突拍子もない提案に祢々は目を丸くした。

「はっ？　あなたホストか何か？」

「短期間バイトしたことはあるけど、今はふつうの会社員」

「とてもそうは見えないわ」

「じゃあどんなふうに見える？」

「……甘い言葉で女性をたらし込む、元モデルの不良カメラマン……とか？」

ぶっ、とトオルは噴き出した。

「ハナコさん、容赦なくておもしろいなぁ。確かにモデルのバイトもしたことあるよ。自分の
「意味わかんない！」

見た目が悪くないことは否定しない。カメラマンのほうは、まぁ、セミプロだけど、本来の仕事もまじめにやってる」

「ふーん……」

お持ち帰り、ねぇ。元カレを遥かに凌駕《りょうが》する超イケメンを？

（――――悪くない、かも）

自分を踏みつけにしてくれた元カレと元親友を見返してやりたい、という気持ちがむくむくと沸き起こる。祢々は腕を組み、顎を反らして高慢そうに頷いた。

「いいわ。お持ち帰りしてあげましょう」

「ありがたき幸せ」

芝居がかってトオルはうやうやしく一礼した。


祢々の部屋に向かう途中、トオルはビーチチェアに置いてあったパーカーを羽織《はお》った。

夜の海を気ままに泳ぎ、もう一泳ぎしてから引き上げようとビーチチェアで休憩しているときに、浜辺を歩いていく祢々に気付いたのだという。

誰だかわからなかったがブーケを持っているのが見えた。仕事中に見かけた、ブーケトスに奇妙な反応をした女性のことを思い出し、気になって後を追った。

「いやー、妙に決然とした雰囲気でザブザブ海に入っていくもんだからさ。てっきり入水自殺する気かと焦《あせ》った」

「だから違うってば。いくらなんでも当てつけで自殺なんかしないわよ。――ここよ」

海に面したデッキ付きのコテージに入る。

「いい部屋だね。ひとりなの？」

「ひとりじゃなかったら、イケメンのお持ち帰りなんてするわけないでしょ。他の友だちは相部屋で、本館のオーシャンビュー。たぶんわたしだけ部屋押さえてなくて、ここしか空いてなかったんじゃない？　いちばん来てほしくなかった客にいちばん高い部屋をあてがうはめになったのかもね。ザマァよザマァ」

女王様みたいな高笑いなんかしちゃって。

（ああ、わたし、どんどん性格悪くなってく）

なんでわざわざ悪しざまに罵ってるのかしら？　せっかくお持ち帰りしたイケメンに呆《あき》れられちゃうわよ。いーえ！　憐《あわ》れまれるくらいなら呆れられたほうがずっとマシ。男の顔色なんか、だーれが窺うもんですかっ。

ところが、トオルは一瞬たりとも顔をしかめたりせず、ニコニコしながら室内を見回した。

「ラッキー。心置きなくやけ酒が飲めるってわけだね。――ああ、もう飲んでたんだ」

トオルがステンレスのシャンパンクーラーに刺さったボトルを取り上げ、苦笑する。

「豪快に空けたみたいだね」

彼は残っていたシャンパンをふたつのグラスに注ぎ分け、ひとつを祢々に差し出した。ちょうどグラスの半分くらいだ。

「とりあえず乾杯しよっか」

「かんぱーい」

祢々はグラスを掲げ、一息に飲み干した。出会ったばかりの男を部屋に連れ込んだことを、今さらながら後悔し始めているのを振り払うような気持ちで。

（いいわ。こうなったらもう遊び慣れた女を演じてやる）

「ルームサービスで好きなの追加しといて。わたし、シャワー浴びてくる」

濡れたワンピースは早くも乾き始めていたけれど、海水で肌がべとついている。

レインシャワーをざっと浴び、バスローブを羽織って出て行くと、デッキチェアに寝ころんでいたトオルが振り向いた。

「シャンパン頼んでおいた。俺もシャワー借りていいかな？」

「どうぞ」

彼がシャワーを使っているあいだにルームサービスが届いた。シャンパンだけでなく、チーズとナッツの盛り合わせもオーダーされている。いくらだろうかと一瞬考え、そういうの今回はやめようと思いなおす。いくら高級ホテルだろうと破産するほど高額ではないはず。貯金もそれなりにあるんだし、今回は気分よくぱーっと使っちゃえー！

スタッフにボトルを開けてもらうと、新しいグラスに注がれたシャンパンは綺麗《きれい》なピンク色だった。ボトルをよく見れば女性へのプレゼントとして定番の銘柄だ。

スタッフが下がるのと入れ代わりにトオルがバスルームから出てくる。

「バスローブ借りたよ」

「好きに使って」

「あ、来たね。改めて乾杯しよう。一応言っておくと、これは俺からのプレゼント」

「そつがないわね。しょっちゅう誰かに贈ってるんでしょ」

「女性にお酒を贈るのは初めてだよ。お持ち帰られるのも」

にっこりと、爽やかにトオルは笑った。芸能人みたいに歯並びがキレイだ。そういえば、モデルしてたんだっけ？

(この人畜無害そうな笑顔が曲者《くせもの》なのよ)

自分に言い含めるも、鼓動が速まってしまうのは押さえきれない。

警戒すべきと思いつつロゼシャンパンを飲む。さすがにすごく美味しいのだが、やけ酒にこんなお高いシャンパンをおごられたのがなんだか悔しくなった。

「ハナコさんは美人なんだからさ、元カレよりもイイ男がすぐ見つかるって」

「男なんて当分ごめんだわ、面倒くさい」

「まぁまぁそう言わず。まずは俺でリハビリしてみない？」

祢々はややヒステリックに笑った。

「キャッチ・アンド・リリースとかうそぶいて、何言ってるのよ」

「綺麗な魚なら手元に置いてじっくり鑑賞したいじゃないか」

「で、気に入ったら水槽にでも入れて飼うの？　そしてまた別の綺麗な魚を見つけたらリリースするわけね。そうやって入れ替えて、いつも違ったお魚ちゃんを楽しんでるんだわ」

クダをまいてる、と自分でもわかっていた。

そう、ただの八つ当たり。いいじゃない、どうせこいつはナンパ目的のチャラ男なんだから。真夜中の海にブーケを投げ捨てるなんて傷心というより鬼気迫る女だもの。まともな男なら用心して距離を取る。お持ち帰りしろなんて、ホストくずれのナンパ男に決まってるわ。

「ひどいなぁ。ハナコさん、綺麗なお姉さん系なのに口が悪すぎ」

いつのまにか声に出して絡《から》んでいたらしい。だがトオルは苦笑しながらも怒った様子はなくのんびりとグラスを傾けている。

「ど、どうせ、か、カラダ、が、目当て、なん、でしょ……っ」

口当たりがいいだけにぐいぐい飲んでしまい、かなり頭がグラグラしている。危ないな、と頭の隅で思いながらも愚痴は止まらなかった。

「残念ながら、たいしたカラダじゃ、ございません、わよ。ど、どうせ、マグロで、丸太だもん……」

「元カレがそんなことを？　ひどいな。そんな奴《やつ》とは別れて正解だよ」

「ま、マグロは、赤身が……しゅき……」

「ハナコさん、悪酔いしてるぞ。もうやめといたほうがいい」

そっとグラスを取り上げられる。祢々は大きく喘《あえ》ぎ、ソファの背にもたれた。

「カレ、は、大トロが、しゅき……だから……。きっと、と、友絵は……高級店の、お高い、大トロ、で……ピッチピチで……。あ、あたしは、ぐるぐる回りながら干からびてる、回転寿司のぉ、うっすい赤身でぇ～……廃棄されちゃったのよぉ……」

（何言ってるんだろう、わたし……）

「俺、マグロは赤身のほうが好きだよ」

トオルは囁《ささや》き、祢々の肩を抱き寄せた。

「うー……」

「よしよし」

ふかふかのバスローブに顔を埋めて呻《うめ》く祢々の頭を、トオルが優しく撫でる。バスローブ越しの胸板が、やけに広く、あたたかく感じられた。

「……は、反則……っ、ナンパ男のくせにっ……」

「本当にナンパじゃないんだけどなぁ。――でも、赤身のハナコさんがかわいすぎて、食べたくなっちゃった」

ピアニストみたいな長い指が頬《ほほ》を撫でる。にわかに顔が熱くなって祢々はうろたえた。

「わたし、美味しくないからっ……」

「美味しそうだよ、すごく。味見してもいいかな」

「……ひ、ひとくち、だけ……なら……？」

微笑んだトオルの唇がそっと祢々の唇に触れた。

上唇を軽く食《は》むようにして、舌先で唇の裏をちろりと舐《な》める。途端に身体の中心にズキリと刺すような痛みが走った。慌てて身をよじれば胸元に封じ込めるように抱きすくめられた。

「ん……ん……ッ」

ぴちゃ、と舌が鳴り、唾液ごとじゅうっと吸われる。こんなディープキスは初めてだ。元カレとはキスはあまりしなかった。彼はすぐセックスしたがって、キスはいつもおざなり。マイペースで欲望を満たし、そのまま寝てしまうかシャワーを浴びてそそくさと帰ってゆく。

そんなものなんだろうと思い込んでいた祢々は、トオルが延々とキスを続けることに当惑を覚えた。

（……でも、これ。気持ち、いい……かも）

ついばむように唇を食み、舌を絡めたり、吸ったりする。ちゅっちゅっと甘いリップ音が、妙にエロくて気恥ずかしい。

どうしていいかわからず、無抵抗に固まっていると、唇を離したトオルがしげしげと祢々の瞳を覗き込んだ。至近距離で見ると彼の瞳は日本人にしては色素が薄く、輪郭がかすかに緑がかって見える。

「キスは嫌い？」

苦笑まじりの囁き声に、ばつが悪くなる。

「……嫌いじゃない、と思うけど……。あんまり、したことないから……」

「ハナコさん、かわいい」

にっこりされて、祢々は真っ赤になった。

「ば、ばかにしないでよ」

「してないよ。ハナコさんの唇、やわらかくて、甘くて、とってもおいしい」

食べちゃいたいな、と呟《つぶや》いたトオルの端整な顔立ちに、ネコ科の猛獣めいた野性味が混じる。

恐怖よりも昂奮《こうふん》を覚え、祢々の鼓動はますます速まった。

「気に入った？　俺のキス」

「……ま、まぁね」

「じゃあ、もっとしよう」

トオルは祢々の腰を抱え上げ、膝に座らせると濃厚なくちづけを再開した。

舌を絡めたり、すり合わせたりしながら口腔《こうこう》を隈《くま》なく舐められる。気がつけば祢々はおずおずとキスに応え始めていた。

彼の背に腕を回し、互いの唇をむさぼりあう。酔いでぼんやりした頭がさらにふわふわと、雲に乗っているような感覚に眩暈《めまい》がする。

（ああ、わたし、こういうことしたかったんだわ）

好きな人と抱き合って、ぴったりくっついて、蕩《とろ》けるような甘いキスを交わす。

元カレとは一度も経験できなかった願望を、素性もわからない通りすがりの男が叶《かな》えてくれるなんて、皮肉すぎる。

飽きもせず、トオルは祢々の唇をねぶり続けた。繰り返し舐め吸われた唇はじんわり痺《しび》れ、ぽってりと腫《は》れたように艶と赤みを増している。半開きの濡れた唇を吸いながら、トオルが欲望をにじませた声で囁いた。

「すごい色っぽいよ。ドキドキする」

彼の指がバスローブの合わせ目から入り込み、先端にそっと触れる。びくっと祢々は肩をすくめた。抗《あらが》わずにいると、彼は乳首を摘まんで優しく転がし始めた。花びらのようにやわらかかった乳暈が収縮し、初々しく尖《とが》る。

「かわいいな……」

トオルは両方の乳首を優しく尖らせると、ゆっくりと乳房を揉《も》み始めた。いつのまにかバスローブはすっかりはだけてしまっている。彼のしぐさがあまりに自然で優しかったので、抵抗など思い付きもしないまま直に触れられていた。

胸のふくらみをゆっくりと揉みしだきつつ、トオルはディープキスも続けた。舌を舐めしゃぶりながら大切そうに乳房を捏《こ》ね回されると、心地よさにクラクラする。

かわいい、素敵だ、と何度もトオルは囁いた。その言葉だけでもうっとりと夢見心地になってしまう。

下腹を撫でた彼の手が腿《もも》を優しく割り、茂みのなかへもぐり込む。祢々は自分がすっかり濡れてしまっていることに気付いた。

「すごいね、もうこんなにトロトロだ」

囁かれて急に恥ずかしくなる。

(や……なんで……？)

これまでの経験では、花芯を直接刺激されても祢々はあまり濡れなかった。元カレはせっかちですぐに挿入したがり、潤いの足りないぶんをローションで補うこともたびたびだった。

それでも強引に挿れられると痛くてたまらず、早く終わってほしいと願うばかり。身体をこわばらせていれば丸太だのマグロだのと不満を洩《も》らされ、仕方なく痛みをがまんして感じているふりをした。

なのに、トオルとキスして胸を揉まれただけで、こんなになってしまうなんて……。

恥ずかしい。淫乱だと思われるかも。

思わず顔をそむけると、トオルは頬に手を添えて優しく唇をふさいだ。

「本当にハナコさんってばかわいいな。もっと気持ちよくしてあげたい」

濡れ溝をクチュクチュと掻き回され、ぷくりとふくらんだ花芽を軽く扱《しご》くように刺激されると、下腹部がよじれるような疼《うず》きに襲われた。

「あ……⁉　や、何……っ」

「達《イ》きそう？」

「やぁっ、だめ……っ、あ……んぅ……ッ」

びくく、と身体を縮め、頤《あご》をぐっと喉元に押し込むようにうつむく。過敏になった媚蕾から稲妻のように快感がほとばしり、祢々は息を詰めた。

ひくひくと痙攣《けいれん》する花芽を、トオルは愛《いと》おしそうに指先で転がした。呆然《ぼうぜん》とする祢々に気付いて彼が小首を傾げる。

「……もしかしてハナコさん、バージン？」

「ち、違うわよ」

「でも、感じたことはあんまりなさそうだね」

恥ずかしさと悔しさが入り交じり、押し黙っているとトオルが目許《めもと》にチュッと音をたててくちづけた。

「今のは気持ちよかった？」

「……ん」

羞恥をこらえて頷くとトオルは嬉しそうに祢々を抱きしめた。

「ひょっとして俺、ハナコさんを初めて達《イ》かせた男なんだ？　うわ、なんかすげー嬉しいんだけど」

ぎゅっとされて祢々はどぎまぎした。チャラいくせに、どうしてこう人の願望のツボを的確に突いてくるのか。

(け、経験値が豊富なだけよ！　ナンパ男なら当然よっ)

腹立ちまぎれに自分に言い聞かせていると、そうとも知らずにトオルは無邪気な笑顔で祢々に頬をくっつけた。

「今までのぶんまで、いっぱい達《イ》かせてあげるね」

そう囁いて、彼はふたたび秘裂をいじり始めた。祢々の膝を立てさせ、花芯を撫で転がしながらもう片方の手で乳房を捏ね回す。同時に濃厚なキスをしかけられ、巧みな手管にいいように翻弄されてしまう。

(……でも、いやじゃない)

トオルの愛撫《あいぶ》はていねいで優しい。こんなふうに愛される彼の恋人は、どんなにか幸せだろう。対象不明なジェラシーが、ちくりと胸を刺す。

そんなモヤモヤした気持ちも長続きはせず、トオルによって与えられる快感にたちまち呑《の》み込《こ》まれた。いつしか祢々は甘ったるい声を上げて喘いでいた。

さらに二度、指で達《イ》かされてくたりとなると、彼は体勢を変えて祢々の秘処を舌でねぶり始めた。元カレにもそんなことをされたことはなく、祢々は慌てたが、愉悦を知り始めた身体は自分でもとまどうほどに貪欲にさらなる快楽を求めた。

ぴちゃぴちゃと音をたてて舐められるなんて恥ずかしくてたまらないのに、ものすごく気持ちいい。

指よりもずっとやわらかく柔軟な舌先でくねくねと媚蕾を転がされると、とめどない快感が腹の奥から沸き起こり、何度となく祢々は極めてしまった。

トオルはぐったり脱力した祢々を軽々と抱き上げ、キングサイズのベッドにそっと下ろした。

「……本当に、ハナコさんを気持ちよくしてあげるだけのつもりだったんだけど。あんまりエロかわいいから、これ以上続けると俺もさすがにガマンがきかなくなりそうだ」

ぼんやり見上げると、彼が欲望を漲《みなぎ》らせていることがバスローブの上からでもはっきりわかった。

お持ち帰りすると決めた時点で、こうなっても仕方がないと覚悟はしていた。というか、てっきりそのつもりで持ち掛けられたのだと思っていたのだけど……？

「い、いいわよ、別に。いっぱい気持ちよくしてもらったし……トオルだって、し、したいんでしょ……？」

「もちろんしたいけど。でも今ゴム持ってないから、悪いし。ちょっとバスルームで抜いてくるよ」

「本当はわたしとするのがいやなんじゃない？」

「そんなわけないだろう」

トオルが初めてムッとした顔になる。祢々はひそかな勝利を覚えながらベッドに肘をついて身を起こし、ゆっくりと膝を開いた。

「最後まで、して」

「……本当にいいの？」

「中で出さないくらいのガマンはできるでしょ？」

トオルは『参ったな』と言いたげに苦笑した。

「ハナコさんってSっ気あるんじゃない？」

「かもね」

余裕ぶっていられたのも、トオルがバスローブを脱ぎ捨てるまでだった。あらわになった彼の欲望は、祢々の予想を遥かに超えて凶悪なほどに猛《たけ》り勃《た》っていた。祢々が怯《ひる》んだのを見て取ったトオルは、意地悪げな笑みを浮かべてベッドに乗り上げた。

「それじゃ、お言葉に甘えて女王様に奉仕させていただこうかな」

組み敷かれ、怯《おび》えを隠すようにギュッと目を閉じる。

（が、ガマンよ、ガマン！　今までと同じよ。ガマンしてればそのうち終わるわ）

その眉間のしわに、やわらかな感触が降りる。驚いてを目を開けるとトオルが苦笑していた。

「意地っ張りだなぁ、ハナコさんは。ま、そんなとこがかわいいんだけどね」

「……しないの？」

「したいけど、いやがってる女の人に無理強いする気はないよ」

「いやじゃないわ。ただ、その……こ、怖いのよ。いつも痛かったから！」

こうなったらやけくそ、とばかりに吐露《とろ》すると、ぽすんと頭を撫でられた。

「痛かったのは、充分に濡れてなかったからじゃないかな。今までこんなに濡れたことないんだろう？　達《イ》ったことも」

「……うん」

「なんか腹立つな」

「ご、ごめん」

「違うよ。ハナコさんの元カレだよ。ハナコさんを全然大事にしてなかったんじゃないか」

呆然とした祢々の瞳から、ぽろりと涙がこぼれた。

「あっ、ごめん！」

焦って詫《わ》びるトオルに祢々は目許をぬぐいながらかぶりを振った。

「いいの。たぶん……本当にそうだから」

「俺、ハナコさんを気持ちよくしてあげたい。一緒に俺も気持ちよくなりたい」

ぎゅっ、とトオルに抱きしめられ、彼の背に腕を回す。

「そうして」

トオルは微笑んで祢々の唇をふさいだ。恋人よりも恋人らしいキス。今だけ彼をわたしの恋人だと思うことにしよう。

夢の恋人。

そうよ、夢を見てるんだわ。酔っぱらって、自分に都合のいい夢を見ているのよ。理性の箍《たが》が外れて、優しく愛されたい、大事にされたいという願望が剥《む》き出しになってるんだわ……。

祢々の腰を膝の上に引き上げると、トオルは猛る欲望を蜜に浸して何度か前後させた。固く締まった肉棹の感触にぞくぞくする。蜜口になめらかな先端があてがわれ、ゆっくりと沈む。

反射的に身体をこわばらせると、なだめるようにトオルが顎にキスした。

「大丈夫。無理にはしない。痛かったら言って。すぐにやめるから」

「ん……」

「じゃあ、行くよ」

ぐっとふたたび彼が腰を入れる。思わず息を止めた瞬間、ぬくりと熱杭が滑り込んだ。とまどうほどにスムーズな挿入だった。

（あんなに太かったのに……？）

「痛くない？」

「あ……。ええ……」

当惑したまま祢々は頷いた。

「いっぱい濡らしたのがよかったんだな。何度も達《イ》って、ほぐれたし」

赤面して睨むと機嫌を取るように目許にキスされた。

「ハナコさんのなか、すごい気持ちいい。ぴったり吸いついてくるみたいだ」

はぁっとトオルが熱い吐息を洩らす。彼は加減しながらゆっくりと腰を揺らし始めた。濡れた隘路《あいろ》を怒張した雄茎がいっぱいにふさいでいる。ごりごりとこすりあげられると、ぞくぞくと腰骨が痺れるような快感が突き上げた。

「ぁ……ふ……。んん……っ」

「気持ちいい？」

喘ぎながら祢々は懸命に頷いた。

「いい……」

本当に、眩暈がするくらい気持ちよかった。

（なに……これ……）

元カレとは苦行のようにしか思えなかった行為が、今はたまらなく心地よい。彼の律動に合わせ、いつしか祢々は大胆に腰を振りたくっていた。

「あっあっ、あんっ、んっ」

目の前がチカチカする。びくびくと花襞が収縮し、祢々は恍惚《こうこつ》に浸った。

「達《イ》ったの？　ハナコさん」

「ん……」

「すごい締めつけ……。ヤバい、俺も達《イ》っちゃいそう」

トオルは低く唸《うな》り、ずくずくと一心不乱に腰を突き上げ始めた。

「……ハナコさん。本当の名前、教えてよ」

「ね、ね……」

「ねね、か。かわいいな、ねね。俺の名前も呼んでみて」

「ト、オル……」

「そう。トオルだよ。さぁ、もっと呼んで」

「トオル……トオル……っ」

「絶対忘れちゃだめだよ。ほら、俺の名前を呼びながら達《イ》ってごらん」

「んんっ……！　ぁ……あ……！　い、っく……トオル……トォ、ル……っ！」

びくびくっと激しく祢々の身体が痙攣する。すでに快感と酔いとで夢うつつの状態だ。

それから何度も繰り返し、名前を呼びながら絶頂させられた。正常位だけでなく、尻を突き出すような格好で後ろから貫かれながら恍惚に浸った。いったい何度達《イ》かされたのかわからないほど……。

力強い抽挿に喘ぎながら名前を呼ばされ、気持ちいい、イク、と恥ずかしいことを言わされた挙げ句、やっと彼が腹の上に欲望を吐き出し、同時に祢々は気絶するように眠りに沈んだのだった。

翌朝。広いベッドでひとり目を覚ました祢々は、昨夜の痴態を思い出して転げ回った。

(酔っぱらって見知らぬ男を銜《くわ》え込むとか、最低にもほどがあるわっ！　馬鹿じゃないのわたし⁉)

キングサイズベッドの端から端までゴロゴロと何往復をした挙げ句、眩暈とともに祢々は起き上がった。

室内に他の人間の気配はない。おそるおそるバスルームを覗くと、やはり誰もいなかった。

「ゆ……夢だったのかも……⁉」

希望的観測は、テーブルに残されたメモを見たとたんガラガラと崩れ去った。

『昨夜は素敵だったよ。急用で挨拶できなくてごめん。電話して。090-××××-○○○○トオル』

「―――――ッ」

ビリッ、と祢々はメモを引き裂いた。歯ぎしりしながらさらにビリビリビリと細かくちぎってごみ箱に投げ入れる。

「最ッ低！」

もちろん自分が、だ。

キーッと猿みたいな奇声を発しながらシャワーブースに駆け込み、頭から熱いシャワーを勢い良く浴びた。ふと思い出しておそるおそる局部を探ってみたが、忌まわしい残滓《ざんし》は出てこなかった。……そういえば、お腹《なか》の上に出された気がする。

「最ッ低、最ッ低、最ッ低ー！　知らない男とゴムなしでしちゃうとかありえないっ」

……気持ちよかったけど。

(じゃなくてっ)

眉を吊り上げ、祢々は泡立てたスポンジで全身をごしごしこすった。気持ち悪いからではなく、ひたすら自分が情けなく、恥ずかしかったのだ。

その日の内に祢々はホテルを引き払った。一緒に観光する予定だった友人たちには、重要な仕事で今すぐ帰らなくてはならないと言いわけし、その日の便に空きを見つけて飛び乗った。

あれは事故。自損事故。そう、うっかり電柱にぶつかったのよ。

羽田に着くまでの七時間ほど、祢々は自分にそう言い聞かせ続けた。

トオルと会うことは二度とない。超絶イケメンだったから、ちょっとだけ惜しいような気が……しなくもない……けど。

たとえ連絡したところで、あんな芸能人みたいなイケメンと長続きするわけがない。

だったらゴージャスな電柱にぶつかったということにして、一刻も早く日常に戻ろう。

平凡で堅実な日常に。

これらからは自由に、たくましく、ひとりで生きてやるんだから……！


——と、決意して半年。

二度と会うはずのなかったイケメンが目の前にいる。

あのときみたいに人懐《ひとなつ》っこい笑顔で。

「俺が東雲遠流です。よろしくね。秘書の、えぇと……壺井祢々さん？」

にっこり。

遠流。

トオル。

あのチャラいイケメンが……我が社の御曹司⁉　新副社長⁉　わたしの……上司……⁉

ぐら……。

「おっと」

すーっと視界が暗くなって倒れそうになったところを、すかさず新副社長が支える。ハッと気を取り直し、祢々は慌てて足を踏ん張った。

「し、失礼しました」

「申し訳ない、ずっと立たせていたせいだな。どこかで休憩しようか？」

「い、いいえ。あの、車を待たせておりますので……。どうぞこちらへ」

「本当に大丈夫？」

「はい！　申し訳ございません、見苦しいところをお見せしました」

名前のカードをそそくさとしまい、どうにか仕事モードの無表情に戻っててていねいにお辞儀した。どうやら正体を気付かれてはいないようだ。

並んで歩きだしながら、祢々はふと尋ねた。

「あの……。わたくし、お目に留まりませんでしたか？　しっかりカードを掲げていたつもりなのですが」

「ごめんごめん、トイレに走って行ったもんで、全然周りを見てなかったんだよ」

またにっこり。愛想よいが、どこか得体が知れない。

血相を変えて走って行った人物なんて、いただろうか。

スーツのビジネスマン以外はスルーしていたから見逃してしまったのだろう。思い込みって危険だわ、と祢々は改めて自分を戒《いまし》めた。

「あの、副社長。お腹の具合がお悪いのですか？」

「ん？　なんで？」

「ファーストクラスの客は先に降りますから。すべての乗客が降りた頃になって声をかけて来られたということは、ずいぶん長くトイレにおこもりだったのではないかと」

新副社長は驚いたように祢々を見返し、軽く噴き出してかぶりを振った。

「いや、大丈夫だよ。ちょうど電話がかかってきて時間を食っただけ」

「そうでしたか。もしお薬など必要でしたらいつでも仰《おつしや》ってください」

「ありがとう。壺井さんは気が利くね。さすが『万能秘書』の異名を取るだけのことはある」

「そんな、大げさです」

祢々は小さく溜息をついた。まさか親会社にまで知られていたとは。ほめ言葉ではなく厭味《いやみ》と皮肉でつけられた不本意な綽名《あだな》なのに。

ビジネスライクな無表情を装いつつ眉間にしわを寄せる。

そんな祢々を新副社長がさりげなく横目で眺めて意味深な笑みを浮かべていることには、まったく気付かなかった。

＊　＊　＊　＊

（本当に、うちの子会社の秘書だったんだな）

東雲遠流は壺井祢々の端整な横顔を盗み見ながら内心ほくそ笑んでいた。

半年前にバリ島で一夜を共にした、意地っ張り美女の『ハナコ』さん。

本名が『ねね』であることは、彼女が快感で理性を飛ばしたのをいいことに、ちゃっかり聞き出した。

翌朝、まだ眠っている彼女に内心で詫びながらバッグを探り、名刺入れから一枚抜いた名刺を眺めて驚いた。

壺井祢々。勤め先は――東雲リゾーツ&ヴィラ東京本社。

なんと、遠流の祖母が総帥《そうすい》を務める日本有数の大企業・東雲グループが運営するリゾート開発会社ではないか。

所属は秘書課。いったい誰に付いてるんだろう？

確かあそこの社長は遠流から見ると従兄弟違《いとこ》い――祖父の甥《おい》で、母の従兄弟だ。面倒なので話すときは『おじさん』と呼んでいる。

当時、遠流は親会社である東雲ホールディングスの法務部に籍を置き、ニューヨークにある北米・カナダ統括事業部に顧問として出向していた。彼は日本とアメリカ・ニューヨーク州の弁護士資格を持っている。

昨年九月、バリ島へ行ったのは本当に休暇だった。滞在するホテルから友人に連絡したところ、いきなり結婚式の撮影の手伝いを頼まれたのだ。スタッフが病欠で困っていたところで、たまたま遠流が宿泊しているホテルで行なわれる結婚式だった。

遠流は写真撮影が趣味で、その友人と知り合ったのも休暇で撮影旅行をしているときだった。挙式したのは日本人カップル。幸せいっぱいの新郎新婦がチャペルから出てきてブーケトスを行なうのを、いろいろな角度から遠流は写真に収めていた。

ふだんは主に風景写真を撮っているが、パーティーなどの写真も様々な表情が見られるので、それはそれで楽しい。

歓声とともにブーケが弧を描いて飛び、とある女性の手元に落ちる。その瞬間、ファインダー越しに遠流はハッとした。

ブーケを受け取った女性の複雑な表情に、何故かひどく胸が騒いだ。気がつけば連写で彼女の写真を撮っていた。新郎新婦の気まずそうな表情も見逃さなかった。すぐに思い当たるのは――三角関係。実際それが当たっていたことを後で知った。

その夜、ホテルのプライベートビーチで泳いでいると、ブーケを手にして波打ち際を歩いていく件《くだん》の女性を見かけた。心配になって後を追い、背後から彼女に飛びついたときは本当に自殺を阻止するつもりだった。けっして下心からではない。

結果として遠流は彼女とベッドを共にした。ひとりにするのが心配だったのもあるが、彼女のややクラシカルな美人顔が好みだったのだ。気が強く、毒舌かと思えば、泣き顔はひどく儚《はかな》げで、きゅんと来た。

慰めるつもりでキスしたり、優しく愛撫したりしているうちに、気がつけば遠流は本気で彼女に惹《ひ》かれていた。

そのつもりはなかったのに、夢中になって最後までいたしてしまった。初々しい反応がかわいくて、危うく繋《つな》がったまま欲望を遂《と》げそうになったが、どうにか理性をかき集めて自制した。

名刺を見て彼女が東雲グループの社員だと知ったときには、不思議な縁だと昂奮《こうふん》した。ひょっとして運命的な出会いだったりするのでは……!?　などと、三十代に入ったくせに乙女のようにときめいてしまった。自分の新たな一面を発見した気分で感慨深かった。

ところが、いきなり会社から電話がかかってきて、すぐに戻ってきてもらいたいと懇請《こんせい》されたのだ。やむなく電話番号を書いたメモを残したのだが、彼女から電話がかかってくることはなかった。

ぐっすり眠っていたので起こすのは忍びなく、黙って立ち去ったのだが、無理にでも起こして今後の約束を取り付ければよかった。そうすれば、がっちり捕まえておけたのに。

彼女のほうは一夜の過ちとか行きずりの恋で忘れるつもりかもしれないが、そうはさせない。

（俺を本気にさせたからには、責任取ってもらうぞ）

空港のビルを出て待機していた車に乗り込みながら、遠流はビジネスライクに取り澄ました祢々に向かって心の内で高らかに宣言したのだった。

第二章　四苦八苦の攻防

新しい副社長が来ることは、前年度の終わりに社内報で知っていた。

名前は東雲遠流。三十二歳。前職は東雲ホールディングス北米支社。遠流《おんる》（島流し）なんて不吉な……と思ったら、『とおる』と読むのだった。まぎらわしい。

それにしてもいきなり副社長とは、いかにも同族企業らしい抜擢《ばってき》人事だ。

祢々の勤める東雲リゾーツ&ヴィラは日本有数の同族企業である東雲グループの子会社で、総合的なリゾート運営を手がけている。高原や海岸、温泉地などの風光明媚《ふうこうめいび》な土地に直営ホテルや海外の高級ホテルチェーンとタイアップしたラグジュアリーホテルを建設してさまざまなアクティビティを提案し、外国人客にも人気がある。

一方で、異国情緒あふれる洒落《しやれ》たショッピングモールでの散策はたいへんSNS映えする、と宿泊客はもちろん日帰り客の人気も高まっている。

東雲R&Vはグループ内では中堅どころで、ここ数年きわめて堅実な実績を上げている。それは社長ではなくやり手の専務の手腕によるところが大きい……というのがもっぱらの見方で、祢々はその専務付きの秘書を三年前から務めていた。

ところが、新年度が始まった日の朝、出勤して専務室の点検をし、さて本日の予定は……と確認していると課長に呼ばれ、いきなり新任の副社長付きを命じられたのである。

「えっ、今日からですか⁉」

いきなりすぎない⁉　副社長が来るのは前から決まってたんだから……と考えて、そういえば誰が副社長に付くんだっけ？　と祢々は首を傾げた。御曹司が来る！　と秘書課の後輩女子が騒いでいたから、てっきり彼女たちの誰かになると思っていたのだが。

「壺井さん、ずっと専務付きだったでしょ。一番よくわかってる秘書を付けるようにと会長直々《じきじき》のお達しでね」

「はぁ……。では、専務の秘書は？」

「檀野《だんの》くんに任せる。今までもサポートしていたし、大丈夫だろう？」

祢々は役員付きの個人秘書で、二年後輩の檀野はグループ秘書として複数の上司に付いて個人秘書を補佐していた。祢々が有給や病欠のときにはいつも彼に代役を頼んでいた。気配り上手な好青年で、秘書課はもとより他部署の女子社員の人気も高い。

「壺井さんもわかっているとは思うが、我が社に今まで副社長はいなかった」

課長の言葉に祢々は頷いた。法律上、『副社長』という役職は必須ではない。社長に次ぐナンバー2のポジションは今まで専務取締役である東雲義行《よしゆき》が務め、祢々はその専務付きの秘書だったのだ。

義行は婿養子であり、正確には一族ではないのだが、総帥も認める実力の持ち主である。

一秘書にすぎない祢々に会社の人事に口を挟む権限などないが、ハイそうですかと頷くには納得がいかなかった。

「あの、課長。差し出がましいようですが、今さら副社長を置く意味があるのでしょうか？　東雲専務は社長の補佐をご立派に務めておられます」

というより経営判断はほとんど東雲専務が行なっているのが現状だ。社長は決して悪い人ではないが、祢々から見てもビジネス向きの人物ではない。趣味人というか好事家というか……盆栽と錦鯉《にしきごい》をこよなく愛する風流人だ。

その趣味がリゾート経営という仕事に多少生かされていなくもない――社長自らが流暢《りゅうちょう》な英語で行なう盆栽入門講座は外国人客に大人気――とはいえ社長が舵《かじ》を取ったらたちまちこの会社は潰れるに違いない。

そんな人が社長の椅子に座っていられるのも同族企業なればこそで、社長は現会長の亡夫である先代会長の甥《おい》なのだ。先代会長は若死にした弟と仲がよく、その忘れ形見もかわいくてならなかったらしい。

本人もそれは重々わかっていて、ビジネス判断は専務に一任している。俺が俺がと出張ってきて会社が傾くよりはずっといい。きっと会長もそれを見越して有能な娘婿を専務として付けたのだろう。

　嘘か本当か系図を辿《たど》れば室町時代まで遡《さかのぼ》るという旧家である東雲一族は、明治維新前後に大きく躍進《やくしん》し、財閥解体後もしぶとく、したたかに日本経済の一端を担っている。

　身びいき人事にもしっかりサポートを付けるあたり、さすが歴史ある優良企業だ。

　祢々の問いに、課長は「うーん」と唸った。

「本社の判断だからねぇ。大事な御曹司に箔《はく》をつけたいんじゃないの」

「……専務の負担が増えますね」

「そうならないように、壺井さんにお願いしたいわけなんだよ。会長の孫で本社社長の息子となればねぇ……」

　ということは直系も直系、いわば東雲グループのやんごとなき王子様だ。

（王子様のお守りをしろってこと？　面倒な……）

「確か次男だったかな？　これ、資料。十五時に羽田着だから、よろしくね」

「は？」

「今日、ニューヨークから帰ってくるんだよ。役員用の社用車は取ってある」

　祢々は手首を返して腕時計を見、ついで壁の時計を確かめた。十時十二分五十七秒。

　六本木にあるオフィスから羽田まで、車では……四十分くらいだったかしら？　まぁ一時間見ておけばいいだろう。

そのあいだに人事資料の確認と業務の引き継ぎ。あ、机の私物を片づけて、専務への挨拶もしなければ。祢々は溜息を押し殺し、一礼して引き下がった。

専務室の手前にある自分のデスクに戻り、私物をまとめる。副社長室は重役用の会議室のひとつを転用し、一応準備は済んでいる。

後任の檀野がやってきたので手早く引き継ぎをしていると、専務が出勤してきた。

「おはようございます」

ふたり並んで挨拶すると、「おはよう」と返した東雲専務は少し気まずそうに咳払《せきばら》いをした。もちろん、今回の突発人事はすでに把握してるはずだ。

「壺井さん、ちょっといいかな」

頷いて専務室に入る。机の内側に回って専務は苦笑した。

「いきなりで驚いたと思うが……。実を言うと、私も驚いてる」

「副社長の秘書は決まっていなかったのですか？」

「いや、実は社長秘書の小松田《こまつだ》さんに内定していた」

小松田文美《あやみ》は祢々より三つ年下の二十四歳。小松田物産という商社の社長令嬢で、父親同士が趣味仲間（錦鯉）という縁故で東雲R&Vに入社してきた。

コネ採用ではあるが秘書の仕事は無難にこなしている。祢々に比べれば小柄で童顔、身長のわりに胸が大きい、いわゆる小悪魔系女子だ。祢々は彼女と真逆で身長一六五センチ、すらりと細身で表情が薄い。

その小悪魔ちゃんに何故か祢々は目の敵《かたき》にされていた。祢々としても苦手なタイプなのでできるだけ近寄らないようにしている。

そのせいで、気がつけば祢々は秘書課でほぼ孤立状態となっていた。小悪魔ちゃんは仲間を作るのも得意なのだ。『万能秘書』という綽名の出所も文美で、何か腹いせに口走ったのが広まったらしい。

「表向きは社長の推薦だが、実際は小松田さんの強い希望みたいだよ」

「御曹司に興味があったのでは？」

そっけなく祢々が言うと専務は苦笑した。彼は結婚によって東雲一族に加わった人なので、多少辛辣《しんらつ》なこともわりと気楽に言える。それに文美が玉《たま》の輿《こし》狙いなのは公然の秘密だ。

グループ企業とはいえ今までこの会社に文美の希望に沿う人物はいなかった。社長は傍流《ぼうりゅう》の妻帯者、専務は奥さんを亡くして独身だが、彼自身は東雲一族ではない。

そこへ三十二歳・独身の直系王子様が降臨なさるのだから、色めき立つのも無理はない。

「小松田で決まっていたのに、どうしてわたしになったのでしょう？」

「会長の鶴の一声だ。課長から聞かなかったかね？」

「聞きましたが、本当だったんですね」

「この会社でいちばんデキる秘書はまちがいなく壺井さんだからね」

「恐れ入ります」

頭を下げながら、内心で祢々は溜息をついた。

(ああ、ますます小松田さんに嫌われちゃう……)

別に嫌われたっていいのだが、微妙にいじわるや嫌がらせをされるので面倒なのだ。

「本音を言うと、私としても壺井さんを取られるのは残念なんだが、畑違いの部署から転属してくる遠流くんには強力なサポートが必要だろうしね」

トオルという響きを耳にすると何かまずい記憶がよみがえりそうになり、急いで振り払う。

「副社長は本社の北米支社にいらしたそうですね」

「ああ、法務部だ。彼は日米の弁護士資格を持っている」

「すごいですね」

少なくとも馬鹿ではなさそうだ。御曹司すなわち馬鹿などと決めつけてはいけないが、身近な御曹司であるところの当社社長が盆栽と錦鯉の人なので、どうにも偏見がぬぐえない。

「いい子だよ。ちょっと、よくわからないところもあるが……。三十過ぎた大人に『いい子』はないか」

ハハッと専務は笑った。いわゆるイケおじ、昔風に言えばロマンスグレーな専務は祢々から見てもなかなか魅力的な男性だ。イタリアブランドのダブルスーツもよく似合う。特別な感情はないが、上司としても人間的にも好感と敬意を抱いている。

祢々としても専務の秘書を外れるのは残念だった。我が社を実質的に切り回している専務のサポートにはやりがいを感じていたのに、お坊っちゃまのお守りに回されるとは……。正直ガッカリだが、誰に付くか自分で選べないことくらい承知している。

「今までお世話になりました」

「こちらこそ。同じ会社なんだから、これからも顔を合わせることは多いと思う。もし、何かあれば遠慮なく相談してくれたまえ」

「はい、ありがとうございます」

もう一度お辞儀して、祢々は専務室を出た。

ひととおり業務の引き継ぎを済ませ、ようやく新副社長の人事ファイルに目を通す。ところがこれがそっけないくらい簡素なのだ。写真すらついていない。ネットで検索しても出てこなかった。SNSもやっていないらしい。

本物のセレブゆえか、東雲一族は人前に出てくることがあまりない。東雲グループはさまざまな分野で多角経営をしているが、業界紙のインタビューに応じるのはいわゆる外様《とざま》の社長や専務ばかりだ。

東雲R&Vに取材があったときも対応したのは専務だった。姻戚《いんせき》とはいえ東雲一族の一員がインタビューに応じるのは珍しく、ちょっと話題になった。

（日米の弁護士資格を持ってるというからちょっと見直したけど、よくわからないわね……）

ま、会えばわかるでしょ。頭がいいだけのトンデモ御曹司でないことを祈ろう。

そうして社用のハイブリット車で迎えに行った祢々の目の前に現われたのは。

まさしくトンデモ御曹司だったのだ――。

＊　＊　＊　＊　＊

「ねーねー、祢々さん」

「壺井とお呼びください」

後部座先に新副社長と並んで座らされた祢々は、あくまで慇懃《いんぎん》に撥《は》ねつけた。

「そんな他人行儀な」

「……っ、他人です」

変な深読みをしそうになり、なんとか平静を保つ。

バゲージカルーセルを延々と回り続けていたスーツケースを引き取り、駐車場で待つ運転手に電話で連絡しながらビルの外へ向かって歩くあいだにも、新副社長はあれこれ話しかけてきた。挙げ句、話がしづらいと祢々も後部座席に座るよう要求。

あまり強硬に拒否するのもかえって疑いを招くかもしれないと、しぶしぶ祢々は隣に座った。

よく見れば、ひどくラフに思えた遠流のジャャケットはカジュアルながら縫製《ほうせい》のよさを感じさせる。シンプルな作りでも相当値の張る高級ブランド品に違いない。

（気付かれてない……わよね？）

殊更に無表情を装いつつ、内心祢々はかなり焦っていた。

他人の空似と思いたいが、どう見ても半年前にバリ島でうっかり関係を持ってしまった『チャラいカメラマンのトオル』だ。あまりに想定外の出来事に脳貧血を起こしそうになると同時に、彼の面影を鮮明に覚えていた自分自身にひどく狼狽《ろうばい》した。

彼との一夜は黒歴史でしかない。酔って行きずりの男と寝てしまうなんて最ッ低……！　と、今でも思い出すたび自分の頭を殴りたくなる。実際、反射的に拳《こぶし》でガツンとやってしまって目から火花が飛んだことも何度かあった。

思い出せばプライドと自己評価が急降下するだけだから思い出したくない。それはもう、極太油性マジックでぐりぐりぐりと真っ黒に塗りつぶしたい記憶なのだ。

（とにかく忘れたかったのっ）

元カレも元親友も行きずりの男も何もかも！　いいの、わたしは仕事に生きるから！　本当に『万能』ではなくとも自分が秘書として相当有能であるという自負はある。だったらそれを極めてやろう。たとえば国際秘書として外資系でバリバリ働く……なんてのもいい。

キャリアアップを念頭に仕事と勉強に打ち込んだ。そうして半年が経ち、ようやく記憶が薄らいだというのに……。安堵《あんど》した瞬間を狙い済ましたかのように彼は降ってきた。

そう、恐竜を絶滅させた巨大隕石《いんせき》のごとく。

（冗談じゃない！　せっかく取り戻したこの平穏を、壊させたりするもんですかっ）

とにかく無視だ。仕事は仕事として全力で取り組むけど、プライベートでは一切関わらない。

さいわい祢々が『ハナコ』であることは気付かれていないみたいだから――。

その瞬間、さっきからしげしげと祢々を観察していた遠流が、いかにもチャラそうな口調で言い出した。

「俺さぁ。祢々さんとどこかで会ったことがあるような気がするんだけど」

「壺井ですッ」

ついヒステリックに叫んでしまうと、気圧《けお》されたように遠流がひくりと顔を引き攣らせた。

「ご、ごめん。アメリカでは名前で呼ぶのが普通だったんで……」

「日本では名字で呼ぶのが普通です」

「うん、そうだね。ごめん」

「いえ」

あまり殊勝《しゅしょう》に謝られてはかえって落ち着かない。仮にも上司、きつすぎたかも。

「じゃ、改めて。――壺井さん。どこかで会ったこと、ないですか？」

「ありません」

間髪入れずに即答。速すぎて却《かえ》って怪しまれたかも⁉　と不安になりつつ鉄壁の無表情で取り澄ましていると、遠流は不審そうにしきりと首をひねった。

「そうかなぁ。俺、好みの顔は忘れないんだけどなぁ」

「お人違いでしょう。似た顔の人間は世界に最低三人はいるとか言いますし」

「じゃあ、祢々さんも俺に似た人間の心当たりない？」

「ございません。それと壺井とお呼びください」

「固いなぁ」

「やわらかなご対応をお望みでしたら、他の者に替わりますが」

むしろ替わりたい。今すぐにでも！

「もともと副社長には、わたくしではなく小松田が付く予定でした。彼女ならお望みどおりソフトな対応が可能でしょう。早速手配いたします」

いそいそと祢々がビジネス仕様の黒いショルダーバッグからスマートフォンを取り出そうとするのを、遠流はすばやく制した。

「いや、俺はこの会社についての知識がない。壺井さんは東雲R＆Vでは最も優秀——東雲グループ全体を見ても屈指の有能秘書だと聞いている。いや、万能秘書だっけ？」

「先ほども申し上げたとおり、それは大げさですし、皮肉ですから」

「そうかな。壺井さんは本当にデキる人だって義行伯父さんも褒めてたよ？」

「恐れ入ります」

「壺井さんにはけっして逆らわないようにと釘《くぎ》を刺された」

真顔で言われて返答に窮する。

「事業に関わったこともないのにいきなり副社長だからねぇ。おもしろくない人間もいるだろう。攻撃されるかもしれない。新設の副社長なんて、どう考えても俺のためにひねり出したポジションだろ？　東雲R&Vを実質的に仕切ってるのは専務の義行伯父さんだってことは本社も重々承知してる。ただでさえ忙しい専務の負担を増やしたくはないし、趣味に生きてる社長を煩《わずら》わせるのも不本意だ」

そもそもトップの社長が趣味に生きていること自体どうかと思うのだが、秘書の本分を守って口には出さず拝聴する。遠流は生真面目な口調で続けた。

「この会社の副社長として最適な、俺の立ち位置はどこか？　それを見出《みいだ》すサポートを万能の壺井さんにしてもらいたい」

「万能ではありませんが、力を尽くします」

軽薄御曹司かと思えば、意外と考えてる……？　自分が何も期待されていない——むしろ厄介なお荷物であることを承知の上でやって来たのだとしたら——。

「壺井さんに任せておけば万事安心だって、伯父さんが言ってたからねー」

一転して遠流はアハハーと能天気な笑い声を上げた。ちょっとだけ上向いた祢々の評価は即座に急下降した。

「……副社長は弁護士として本社の北米支社で辣腕《らつわん》を振るっていたとお聞きしましたが？」

「法務部に籍は置いてたけど、あんまり会社には行かなかったなぁ」

けろりとした顔で遠流はのたまった。

会社に行かず何してたのよ、と祢々はムッとした。これだから御曹司なんて輩《やから》は！

「でも、弁護士なんですよね？　日本とアメリカの」

若干口調が非難がましくなったが、遠流は気付いた様子もなく頷いた。

「日本の大学と法科大学院を出た後ニューヨークのロースクールに留学したんだ。アメリカの弁護士ってさ、州ごとに資格取らないといけないんだよねー。ラスベガスで役に立つかなーと思ってネバダ州の資格もついでに取っといた」

ついでに取れちゃうんだから頭は本当によさそうだけど、まさかのギャンブル好き……⁉

「……賭け事がお好きなのですか？」

「嫌いじゃないけど治療が必要な依存症レベルではないから安心して」

にっこりされても不安が増すばかり。

どうしよう、ひょっとしてこの人、会社にとってもとんでもない爆弾かも……！

「壺井さんはカジノに行ったことある？」

「ございません」

「それはいけないなぁ。万能秘書ならカジノくらい制覇《せいは》しておかないと」

「ですから万能ではありませんってば！」

　思わず声を荒らげると、楽しげに遠流が笑った。

「今度、一緒に行こう。言っておくけど、本来カジノは大人の社交場だよ？」

「日本にカジノはありません」

「数年以内にはオープンするんじゃないかなぁ？　統合型リゾート《IR》整備推進法案も成立してるし、ウチとしては見逃せないよね」

　ニヤリとされて祢々はハッとした。

　統合型リゾート《IR》整備推進法案――通称『カジノ法案』は、カジノを作る法律と誤解されがちだが、実際にはそれだけでない。

　カジノ施設を含むホテルを始めとして、劇場、映画館、レストラン、ショッピングモール、アミューズメントパーク、スパなどの温浴施設、スポーツ施設、国際会議場、展示施設といった、いわゆるＭＩＣＥ《マイス》施設を一区画に含む複合観光集客施設を整備して観光客を呼び込み、国の財政を改善させようという法案だ。

　さまざまな総合リゾート開発を行なってきた東雲Ｒ＆Ｖも当然、今後の事業展開に大きな期待を寄せている。

（もしや、それでこの人を副社長に……？）

「手始めに、気軽に行けるＩＲのお手本として、マカオの視察なんかどうかなぁ？　ゴンドラに乗ってショッピングできる『ヴェネチアン・マカオ』とか楽しいよ～。でも、ゴージャスさではやっぱりモナコが一番かな～。日本にカジノができれば、それまで海外のカジノに行くのに使ってきた飛行機代を賭け金に回せて助かるよねぇ」

また能天気な笑いがひとしきり車内に響く。

やっぱりただのチャラ男か……と袮々はガッカリした。同時に、こんな男の正体も見抜けず関係を持ってしまった自分がとことん情けなくなる。あのときの自分を張り倒したい。

（バリ島では、一見軽っぽいけど誠実そうな人だと思ったのに……）

はっ⁉　それとも名前と顔が同じなだけの別人とか……⁉

世界に似た人間は最低三人いるし、インドネシアはギャンブル禁止でカジノもないし……！

（――なわけないわよね）

ハァ、と思わず溜息をつくと、遠流が心配そうに顔を覗き込んだ。

「どうしたの、壺井さん。お腹空いた？　空港のレストランに寄ればよかったかな」

「い、いえ、大丈夫です。副社長は？」

「機内食出たんで夕飯までもつと思うよ。そうだ、せっかくだから一緒にディナーとかどう？」

「業務と無関係のお誘いは遠慮させていただきます。公私混同を避けるためですのでご理解ください。それに、今夜は十八時より社長と専務と副社長とでご会食の予定です」

「えーっ、聞いてないよー！」

「申し訳ございません。専務のお考えで急遽《きゅうきょ》セッティングしたと、空港でお待ちしているあいだに専務付きの秘書から連絡がありました。場所は会社からほど近いホテルの高層階にあるレストランで、ミシュランガイドにも――」

「そんなオシャレなレストランにおっさん三人で行って何が楽しいのさ！」

「……副社長はまだおっさんというほどではないのでは」

「若く見られがちだが俺は三十二歳だ。三十代に入ればおっさんと名乗る資格はあるっ」

何故そんな得意そうに胸を張るんだか……。

「高級ホテルのフレンチなら壺井さんと行きたい。おっさん同士は焼鳥屋でじゅうぶんだ」

「焼き物がご希望でしたら、同じホテルに鉄板焼きのお店もございます。変更できないか訊いてみましょうか？」

「そういう意味じゃなくてねー！」

どさくさ紛れの誘いをさっくり無視すると、遠流は切なそうに身悶《みもだ》えた。引き続きそれも無視する。

「顔を合わせるのは久しぶりと窺っております。積もる話もおありになるかと……。ここはご親族同士の水入らずで、どうぞ」

「ちぇっ。あーあ、壺井さんって本当ガード固いのな。そんなに警戒しなくても取って食いやしないのに。こう見えて俺、礼儀正しい紳士なんだよ？」

肩をすくめ、遠流はいかにも残念そうに嘆息《たんそく》した。バリ島で結果的に『取って食われた』ことを思い出し、引き攣りそうになる顔を必死に抑える。

あの時の彼――トオルを非難するつもりはないが、祢々としては自分の馬鹿さかげんを突きつけられるようでつらいのだ。さっさと忘れたいし、彼にも忘れてほしい。『どこかで会った』程度ならすでに忘れかけているはずだから、このままそうっとしておけば遠からず忘れ去ってくれるだろう。全身全霊でそう願う。

手がかりを与えないためにも鉄壁の無表情を貫かねば。無愛想に徹していればいずれ興味も薄れるに違いない。

その間にどうにかして担当秘書を小松田に替えてもらうのだ。そうすれば嫌がらせもされなくなるだろうし、こっちは黒歴史を封印して安堵できる。四方八方丸く収まるじゃないの！

敢然《かんぜん》と決意する祢々だったが、遠流は続けざまに無視されても懲《こ》りる気配は微塵《みじん》もなく、懐っこく尋ねてきた。

「壺井さん、趣味は何？」

「なんですか、いきなり」

「やー、これから何かと世話になるだろうし、お互いのこと知っておこうと思って」

「特筆すべき趣味はございません」

「休みの日は何してるの？」

「休んでおります」

きっぱり返すと遠流は愉快そうに笑った。ここまで無愛想にされてなぜ怒らないのか不思議になってくる。

「俺の趣味はねぇ。いろいろあるけど――」

訊いてません。聞きたくありません。

「一番は写真撮影かな～」

ギクッ。内心たらりと冷汗が伝う。もしや鎌《かま》をかけられてる……？

さいわい生まれつき動作不良ぎみの表情筋が内心の動揺を完璧に取り繕《つくろ》ってくれた。

「素敵なご趣味ですね」

棒読みでお愛想。

「風景写真をメインに撮ってるんだけど、祢々さんを入れて撮ってみたいな」

「ご遠慮いたします」

たとえ職場の集合写真だろうが彼に撮られるのは絶対ごめんだ。

そういえば、トオルが撮った写真はどうなったのだろう。あのときは酔っていて追及しそびれたけど、話からすると彼はブーケトスを受け取る祢々を撮っていたらしい。

（変な顔したから使われるはずないわ）

新郎新婦だって改めて見たくはないだろう。祢々が彼らを忘れたいように、彼らだって祢々を忘れたいはず。

「諦めないよ」

「――はぃ？」

我に返って遠流を見返すと、彼は妙に不敵な笑みを浮かべて長い脚を組み替えた。

「いつか壺井さんの素敵な写真を撮ってみせるから」

「……わたし、写真うつり悪いので」

ふいっと顔をそむける。遠流が含み笑うのが聞こえた。

「そんなはずないね」

呟いた彼の声は妙な確信に満ちていて――。

不安と同時に胸がざわめく。困惑しながらも、祢々は取り澄ました表情を懸命に維持した。

会社に到着した遠流は、身内である社長と専務に挨拶した後、会議室に集められた役員クラスの社員の前で短いスピーチをした。それは社内放送でリアルタイムに流され、会社にいた社員全員が聞いた。

祢々に対して言っていた統合型《I》リゾート《R》についても軽く触れたものの、全体としては型通りの挨拶だった。若干間延びした口調のせいか、マイク越しのせいか、軽佻浮薄《けいちょうふはく》な御曹司という印象が実際以上に強く感じられて危惧を覚える。

ひいきするつもりは毛頭ないけれど、担当している役員が馬鹿に見られてはおもしろくない。秘書としてここはビシッと躾《しつ》け——じゃなく、鍛えてさしあげるべきかしら？　壺井には逆らうなと釘を刺されたそうだから、専務もそれを期待していると見て間違いはないだろう。

祢々は自販機のある休憩スペースでミルクティーを飲みながら、たまたま来あわせた広報課の同僚と一緒に放送を聞いた。

「オーナー一族ってだけで、いきなり副社長かよ。いかにも同族企業らしい人事だよな」

コーヒーをすすって顔をしかめたのは日羽《ひわ》正博《まさひろ》。祢々と同期入社の二十七歳だ。総務課に三年いて、去年広報課に異動になった。祢々は入社以来ずっと秘書課一筋だ。向いていると思っていたし、やりがいも感じていたが、これからはどうかわからない。

「壺井さんも災難だよなぁ」

「えっ……何が？」

「副社長付きにされたんだろ？　今まで専務付きでバリバリ働いてきたのに、お坊っちゃまのお守りなんてさ。壺井さんには役不足だよ。まったく宝の持ち腐れだ、もったいない」

「買いかぶりすぎよ」

「本当だって。ウチの実質的な経営者は専務なんだから、万能秘書は専務に付けるべきじゃないか」

「もう……。その万能っていうの本当にやめてくれない？　檀野くんは優秀だから大丈夫よ。チームのバックアップもあるんだし」

「どうせ腰掛けで別の部署に移るんだろうけどさ。もともと親会社にいたんだろ、あの人」

「ええ、北米支社の法務部」

「弁護士って本当かな？　経歴詐称じゃねぇの」

「それはないでしょ。専務が言ってたけど、副社長は国立T大卒で、在学中に司法試験に受かって皆でお祝いしたそうよ。ニューヨーク州とネバダ州の弁護士資格も持ってるというのも嘘じゃないでしょう。北米支社にいたんだから」

「ふーん。本当に頭はいいんだ。じゃあ、すごいイケメンだって噂《うわさ》のほうは？　総務の女子が見かけたって、キャーキャー騒いでた」

「客観的に見てハンサムだとは思う」

「人事の同期に聞いたんだけどさ。会長が、三十すぎても外国をプラプラしてばかりの孫に業を煮やして呼び戻したらしいぞ。あーあ、オーナー一族ってだけで、使いものにならねぇ奴に頭下げなきゃならないのかと思うと腹立つなぁ」

「就任したばかりで使いものになるかならないかなんてわからないでしょ。少なくとも弁護士なんだから法律の知識はあるはずよ。スピーチでも言ってたけど、ＩＲ対策の一環かもしれないじゃない」

「確かにそれはありえるな」

日羽は頷き、コーヒーを飲み干した。

「ま、専務がいるから、本家のお坊っちゃまが多少わがまま言うくらい大丈夫だろうけど。変に首突っ込まないでくれれば」

「それはないんじゃない？　専務の邪魔はしないって言ってたし」

「へぇ？　お飾りの自覚あるんだ」

辛辣な物言いに、祢々は居心地悪さを覚えた。日羽はまだ直接顔を合わせたこともない副社長に対し、かなりの反感を抱いているらしい。同族企業なのだからそういう人事は仕方ないことくらい、頭ではわかっているのだろうが……。

空になった紙コップを屑籠《くずかご》に放り込み、日羽は「じゃあまた」と手を振って立ち去った。

祢々は溜息をつき、すっかりぬるくなったミルクティーを喉に流し込んで立ち上がった。

第三章　振り回されて、迫られて

「壺井さん、ランチ一緒にどう？」

「遠慮します」

東雲遠流のお気楽な呼びかけを、祢々は無表情に一蹴した。

彼が副社長として就任して一週間。まずは大きな問題もなく過ぎたことを喜びたい。東雲R&Vは本日も無事に業務を行なっている。

この一週間、遠流が何をしていたかというと――。

社内をブラブラ歩き回り、全部署の社員と握手した。無表情に後ろに従いながら『選挙活動か！』と内心ツッコミを入れずにはいられなかった。

祢々はイライラさせられどおしだったが、意外にも社員の大半には好意的に受け取られた。売名行為だと決めつける冷笑的な社員もいなくはないが（日羽とか）、役員と親しく話す機会など下っ端の社員にはほとんどない。

顔見せにすぎなくても、自ら近寄ってきて笑顔で『よろしくね』と言われればまんざら悪い気分はしないだろう。加えて遠流は誰から見てもイケメンで、愛想がいいだけでなく頭もいい。有名大学卒で日米の弁護士資格を持つ。例《たと》えるならば血統書付きのゴールデンレトリーバー？

完璧なる御曹司であるにもかかわらずやたら人懐こく、しかも独身。社内の未婚女性の間ではすでに熾烈《しれつ》な争奪戦になっているとか……。当然、秘書課も同様で、祢々の風当たりは強くなる一方だった。

それというのも遠流が何かと祢々を頼ったり、任せたりするからだ。祢々はただ仕事をしているだけなのに。

ランチタイムは遠流とお近づきになりたい女子社員にとって戦争だ。東雲R&Vには社員食堂がある。開発を手がけたリゾート施設のカフェやレストランの人気メニューが割安で食べられるので、たいていの社員が昼食をここでとる。

内装も洒落ていて、顧客との打ち合わせに使われることも多い。美味しいコーヒーやスイーツメニューも豊富だ。

遠流は就任以来、毎日社食でランチを取っている。社内を回ったことで御曹司にもかかわらず気さくな人物だと認識された遠流には、砂糖にたかる蟻《あり》のように女性社員が群がってくる。

しかし彼は席がひとつしか空いていない男性社員たちのテーブルに座ったりもする。エリートで御曹司なのに人にものを尋ねることを忌避《きひ》しないので、いつのまにやら年齢のいった男性社員とも打ち解けていた。

「ねぇ、先輩。副社長ってなんだか不思議な人ですよねー」

離れた席から興味津々に遠流を眺めながら祢々にそう囁いたのは、総務課の入江《いりえ》山吹《やまぶき》という、いささか変わった名前の女性社員だ。

三年前に入社した彼女は当初秘書課に配属され、祢々が指導していたのだが、どういうわけか妙に懐かれた。とっつきにくいと評されることの多い祢々には珍しい。去年から産休社員の代替えとして総務課に異動になったのだが、今でもよく一緒にランチをしている。

入江は遠流に興味を持っているようだが、玉の輿狙いではなく、ミーハー的に騒いでいる。

「確かによくわからない人だわ」

「やっぱり……何か特命を帯びてるんじゃないでしょうか⁉」

昂奮気味に問われて祢々は困惑した。

「特命？」

「会長の密命で社内の問題をひそかに解決してるんですよ！」

「……昔、そういうTVドラマがあったわね」

「だからっ、リアル特命副社長じゃないかと思うんですっ」

「ただのチャラ男でしょ」

スパッと切って捨てると入江は何故か瞳をキラキラさせた。

「先輩、格好いい～！　デキる秘書はイケメンに惑わされたりしないんですよね！　ああ、わたしも早く秘書課に戻って先輩を見習いたい～」

祢々は小松田率いる秘書課の女子グループには嫌われていて時々困らされるのだが、入江のおかげでかなり助かっている。ただ、彼女はスパイものの映画や忍者の活躍する時代劇が大好きで、若干の妄想癖があるのだ。

「先輩、副社長と食事とか飲みに行ったりは？」

「してないわよ。するわけないでしょ」

毎日誘われては、いる。懲りるという単語は彼の辞書にはないらしい。ただ、昼食時に誘われたことはなかった。


なので、その日ランチに誘われて驚いたが、いつもの鉄壁無表情でお断りした。しかし彼はいつものようには引き下がらなかった。

「今回はねぇ、仕事なんだけどなー。ある人と、お昼ごはん食べながら仕事の話をしようと思って。ビジネスランチってやつ」

ニコニコしながら言われ、祢々は渋い顔になった。

「副社長、そのような予定はあらかじめ教えていただかないと――」

「ごめん、さっき急に決まったんだ。午後イチの予定もなかったし、別にいいかなーっと」

ダメ？　と首を傾げられ、祢々は溜息をついた。

午後イチにかかわらず彼の予定は空白が多い。たまに入っても社長か専務の代理。文句も言わず愛想よくこなしているのだからよしとすべきだろうか。

「わかりました。仕事であればお供いたします。――嘘じゃないですよね？」

「本当に仕事だってば。実はさ、伯父さんたちが難儀してる取引先、どうにかできるかもしれないんだ」

思わず疑わしげな視線を向けると、遠流は芝居がかって首を振りながら嘆息した。

「壺井さーん。俺だって多少の人脈はあるんだよ」

それもそうか。専務とは違った切り口から攻めてみるのもいいかもしれない。

「お車を回しますか？」

「近くだし、天気もいいから歩いていこう」

連れて行かれたのは会社の入っているビルから徒歩十分ほどのところにある、洒落たカフェレストランだった。もう来てるはずだから、と遠流は案内を断って店内を進んだ。

「あ、いたいた」

同時に相手も気付いて片手を上げる。それは三十代後半と思《おぼ》しき外国人男性だった。ヒスパニック系だろうか。黒髪を後ろに軽く撫でつけ、理知的な蒼《あお》い目をしたクールな雰囲気のイケメンだ。

無意識のうちに遠流と似たりよったりのチャラい人物を想定していたので少し面食らう。

「友だちのボブだよ。こちらは俺の秘書のミズ壺井」

へらっとした口調で紹介された男性は微苦笑した。

「ロバート・バーンズです」

「壺井祢々と申します」

握手を交わし、名刺をもらって軽く目を瞠《みは》る。エオス・キャピタル・インターナショナル。肩書は最高執行責任者《COO》だ。

「投資会社……ですか？」

「ベンチャーキャピタルです。本社はアメリカですが、数年前から日本でも事業を展開しています」

流暢な日本語で淡々と彼は応えた。ベンチャーキャピタルというのは主に株式上場前のベンチャー企業やスタートアップ企業を対象として資金提供を行なう組織だ。

同時に経営支援も行い、投資先の企業を株式上場させたり資産価値を向上させた上で株式や事業を売却し、利益を得る。

しかし、東雲R&Vは株式非上場ではあるがベンチャーではないし、そもそも東雲ホールディングスの完全子会社だ。

「副社長。これはいったいどういう……」

「違う違う。投資の話じゃなくて、ボブに紹介を頼んでるんだよ。彼の個人的な人脈を駆使して、ね」

「大変だったんだぞ、招待状手に入れるの」

むすっとした顔で、彼は白い洋封筒をひらひらさせた。

「まぁまぁ。六人の知り合いを辿れば世界中の誰かとつながれるって言うじゃないか」

「だったら自分でやれ」

「いやぁ、ボブのほうがずっと顔がデカいしー」

「副社長。この場合、『顔が広い』です」

控え目に祢々は耳打ちした。

「顔がデカいのはおまえだ」

睨まれても遠流はあっけらかんとしている。ロバートは溜息をつき、封筒を差し出した。

「後は自力でやれ。俺は知らんからな」

「わかってるって。ありがとさん」

封筒を渡すとロバートは立ち上がった。

「あれ？　ごはん食べないの？」

「俺は忙しいんだ。うちの最高経営責任者《CEO》が仕事をほったらかしでフラフラしてるもんでね」

「ＣＥＯは会社全体の経営ビジョンを考えるのが仕事じゃないか。実務の責任者であるＣＯＯ

がしっかりしてれば大丈夫さ」

のんきな口調にロバートは眉を吊り上げ、げんなりと肩を落として眉間をぐしぐし揉んだ。

「……ミズ壺井。上司がこの調子では、さぞかしあなたも大変でしょう」

「ええ、まぁ……？」

全力で頷きたいところだが、そうもいかず言葉を濁す。

「困ったことがあれば、いつでも電話してください。喜んでご相談に乗りますよ。なんなら改めてディナーでもご一緒に」

「おいっ、どさくさ紛れに俺の大事な秘書をナンパするな！」

「文句言うな、おまえのために奔走してやったんだぞ。——では、ミズ壺井。ぜひまた」

きびきびと微笑んで会釈をし、ロバートは店から出ていった。如才《じょさい》ない態度に感心して見送っていると、遠流が拗《す》ねたように祢々を睨んだ。

「ボブと個人的に会ったりしたら、俺、出社拒否するかもよ？」

「単なる社交辞令じゃないですか」

呆れる祢々に肩をすくめ、遠流はテーブルに置かれたままだったメニューを広げた。

「まっ、いいや。彼のおかげで壺井さんをランチに誘えたし。何食べる？　コース三つあるけど、やっぱりデザート付きだよねぇ」

そういえばビジネスランチのはずだったのでは。

ここまで来て拒否するのも大人げないかと諦め、祢々は椅子に座り直した。前菜とデザート付きのコースにして注文を済ませると、祢々は尋ねた。

「なんの招待状ですか？」

「ん？　あ、これ？」

彼はジャケットの内ポケットに収めた封筒を軽く叩き、にんまりした。

「とあるブランド主催のパーティーさ。そこに、お近づきになりたい建築家が来るんだ。今、会社が進めてるプロジェクトで、彼に設計をお願いしたいんだけど」

思い当たって祢々は頷いた。専務が苦慮していたあれだ。斬新なデザインで世界的な評価も高い人物なのだが、少々気難しいというか、癖のある性格なのだ。担当者との齟齬《そご》でつむじを曲げ、プロジェクトから降りるの降りないので揉めている。

「でも、副社長なら直接面談を申し入れることだって……」

「ウチの印象がだいぶ悪くなってるみたいだからね。あくまで偶然出会ったことにしたいんだよ。仕事とは関係ないとこでさ。ぽっと出の副社長というメリットも最大限生かしたいしね」

「……つまり、会社との利害関係がまだ薄い——とアピールしたいわけですか？」

「そうそう」

嬉しそうに遠流は頷いた。なるほど、それは悪くない。うまく話が弾《はず》めば、ふたたびプロジェクトに関心を持ってもらえるかも。

「パーティーなんだから、壺井さんもオシャレして来るんだよ」

「え？　わたしも参加するんですか？」

「当然じゃないか。言っておくけど、これはれっきとした仕事だからね。ひとりで行くと、余計なお喋《しゃべ》りをしなくちゃいけないし、それで機会を逸したら本末転倒だ」

「一理ありますね。副社長がおひとりでいたらア――女性が群がってきそうですし」

うっかり『蟻《あり》がたかる』と言いそうになってしまった。危ない危ない。

「わかりました。副社長がお仕事に集中できるよう、秘書として全力でサポートいたします」

「期待してるぞ。服を新調するなら経費として出そう」

「いえ！　クローゼットを探せば何かあると思いますから」

なかったら自腹で買う。衣装代の領収書なんか経理に出したくない。経理課には確か、祢々を目の敵にしている小松田の『忠臣』がいたはずだ。

「せっかくだし、素敵なカクテルドレスとか買っちゃえば？　なんならこれから見に行こうか。見立ててあげる」

「けっこうです！」

「そんな全力で辞退しなくても。俺のセンス、そんなに疑わしいかなぁ」

「いえ、そういうわけではありませんが……」

むしろ遠流のセンスはなかなかだと思っている。バリ島ではボードショーツとパーカーという、ほとんど半裸の格好しか見なかったが、羽田で再会したときはモデルみたいに格好よかった。当初目に入らなかったのは、いかにもビジネスマンらしいスーツの男性ばかり確認していたからだ。

　初日はともかく、二日目からは彼はちゃんと役職に見合ったスーツで出社してきた。細身のシルエットが美しいアメリカの高級ブランドのスーツをすらりと着こなした遠流には、うっかり見とれてしまった。黙って立っていれば、まさしくモデルかイケメン俳優のよう。

　そう、黙って立ってさえいれば。

　祢々を目にしたとたんに彼はふにゃっと笑み崩れ、いそいそやって来る。まさしく尻尾をパタパタ振って駆け寄るゴールデンレトリーバー。そして祢々は秘書課を筆頭に各課の女性社員から嫉妬の矢襖《やぶすま》を浴びるはめになるのだ。

「……それとも、副社長はわたくしにセンスがないと思っていらっしゃるのでしょうか？」

「そんなことないよ。いつも壺井さんはピシッとしてて格好いい。いかにもデキる秘書って感じ？　それはそれでいいんだけど……パーティーでは秘書っぽさは出さなくていいから。むしろ秘書だと思われては困る」

「どうしてですか」

「秘書をガン無視して押してくる女性も多いからね」

　遠流はまじめな顔で断言した。さぞかし経験ありそうだ。

「……なるほど」

「だから壺井さんにはあくまで俺の同伴者としてパーティーに参加するつもりで来てほしい。そうだな、たとえば……親しい友だちの披露宴に参加するとか？　ま、そんな感じで」

披露宴と言われて祢々はギクッとした。

（た、他意はない……はずよ）

あのとき着たワンピースはクローゼットの隅に吊るしてある。あれは完全に夏用のノースリーブだし、たとえ空調が効いているとしてもあえて着たくはない。

「やっぱり、新しく買おうよ。カップルであんまりちぐはぐでもいけないし、俺に選ばせて」

「カップルじゃありません！」

「効果的な虫よけのためにはカップルらしく見えないと。俺の仕事を全力でサポートしてくれるんだよね？　万能秘書さん」

ぐっと祢々は詰まった。

何か、うまく乗せられた気がものすごくするんですけど……！

仕事、仕事よ。そう、上司の虫よけも仕事のうち。

そう言い聞かせ、祢々は黙々とメインディッシュを口に運んだ。遠流はそんな祢々を上機嫌に眺めている。まったく悔しいくらいにランチは美味しかった。

パーティーは思ったよりも大規模かつ盛況だった。会場はラグジュアリーホテルの高層フロアで、ブッフェのテーブルには何種類もの洒落たフィンガーフードやミニスイーツ、何種類ものお酒が用意されている。

のんきに飲み食いしている場合ではないが、空腹でお腹が鳴ったりしては恥ずかしいので、遠流と腕を組んで会場内をブラブラする間にいくつか口に運んだ。用心のためお酒はやめて烏龍茶《ウーロンちゃ》にしておく。

実はバリ島から逃げ帰って以来、祢々は禁酒しているのだ。酔って愚行に及んだ自分への戒《いまし》めである。

先日、ランチの後に連れて行かれた老舗《しにせ》デパートで、遠流は祢々に必要なもの一式を買い与えた。ワンピースに靴、パーティー用のこぶりなバッグ、アクセサリー数種類。

遠流はこともなげにそれらすべてをポケットマネーで支払った。祢々には経費で出すとか言いながら、最初からそんなつもりはなかったのではないだろうか。

有名なラグジュアリー・ブランド主催のパーティーなので、モデルらしき美男美女もたくさん来ている。そんな華やかな雰囲気に遠流は完全に溶け込んでいた。実際彼をモデルか俳優だと思って話しかけてきたり、芸能事務所のカードを差し出す人もいた。

露骨に祢々に鬱陶《うっとう》しそうな視線を向ける女性も多い。だが、つねに腕を組んでいるよう遠流に命じられているので逃げることもできない。それに、履き慣れない十センチのハイヒールでは何かに掴まっていないとコケそうで怖かった。

ミニ丈のワンピースも落ち着かない。似合っていると遠流は力説し、デパートの店員もこれが一番お似合いですと断言していたが……本当だろうか？

身長一八〇を超える遠流は一六五の祢々が十センチヒールを履いても余裕だが、祢々としては彼の端整な顔がぐっと近くなってどぎまぎしてしまう。

会社ではへらへらふにゃふにゃしているくせに、こういう場では愛想よくもキリッとして礼儀正しく、日本語と英語を自然に切り換えながらいろいろな人とそつなく談笑している。

秘書だと明かさないように、とも言われているため、彼が祢々のことを恋人だと紹介しても抗議できない。隙を見て睨みつけると、彼は平然と微笑して、嘘も方便さ、とうそぶいた。

パーティー参加の目的である建築家は、しばらくさりげなく観察した上でタイミングを見計らって自然に話しかけた。

もちろんリサーチは完璧だ。祢々はインターネットで得られる情報はもとより、本や雑誌、プロジェクト担当者からの聞き取りなどを整理してレジュメをまとめて渡したが、遠流も自力で調べていたようだ。

話が進んで遠流が東雲R＆Vの副社長だと知ると建築家の態度は少し固くなった。しかし、就任したばかりでまだ不勉強だと明かし、従来のやり方に囚《とら》われることなく事業を発展させたい、などと遠流が熱意を込めて朗らかに話しているうちに次第に機嫌もよくなって、プロジェクトについて自分から話し始めた。

改めて、話をしようと日時もその場で決め、笑顔と握手で別れることができた。

「……やりましたね、副社長」

小声で言うと、遠流はニヤッとして顎を撫でた。

「まぁまぁうまく行ったかな。後は、次の打ち合わせで担当者がまた彼の機嫌を損なわないように注意しないと。俺も同席するから、調整を頼む」

「かしこまりました」

「固いなぁ。今は『恋人』だろ？」

「目的も達したことですし、秘書に戻らせていただきます」

「じゃあ、せめて一緒に祝杯を上げないか。ここの上のバーで。無事目的を果たせたのも壺井さんのサポートあってのことだし、乾杯するくらいいいだろう？」

「……お酒は飲めません」

飲めないのではなく飲まないのだけど。

「ならノンアルコールのカクテルにすればいい。美味しいのがいろいろあると思うよ。せっかくオシャレしてきたんだから、そんなすぐ帰っちゃもったいない」

確かに、こんな贅沢《ぜいたく》な格好でラグジュアリーホテルの最上階のバーに行く機会なんて、もう二度とないかもしれない。

「本当にお酒飲みませんから」

「無理に飲ませたりしないって。飲むというならとことん付き合うけどね」

またまたドキッとしてしまう。バリ島でヤケ酒を呷《あお》ってくだを巻く祢々に、『トオル』は辛抱強く付き合ってくれた。抱きしめて、よしよしと頭を撫でてくれた。そんな子ども扱いにも、腹が立つよりあのときはすごく安心できて――。

「わかりました。その前に、ちょっと化粧室に行ってきていいですか」

「ああ、エレベーターホールで待ってる」

祢々は頷き、化粧室の表示を確かめて歩きだした。廊下を曲がって、また曲がって――けっこう距離がある。

やっとたどり着いた化粧室で用を済ませ、メイクも手早く直す。引き返す途中、角をひとつ曲がったところで反対側から来た人にぶつかりそうになった。

「あ、すみません」

「やっぱりおまえか、祢々！」

いきなり名前を呼ばれ、驚いて顔を上げた祢々は思いがけない人物を見出して目を瞠《みは》った。

「……辰馬《たつま》？」

亘理《わたり》友絵が祢々の親友と知りながら浮気した挙げ句、平然と結婚式の招待状を送ってきた元カレ――西之原《にしのはら》辰馬だ。

一瞬うろたえた祢々は、気を取り直すと心持ち顎を上げ、冷ややかに辰馬を見返した。

「ここで何してるの」

「社長のお供さ。うちの社長、このブランドのお得意さんなんだ」

辰馬は面倒くさそうに肩をすくめた。

彼が勤める不動産会社の社長は四十代半ばの女性で、かなりのやり手という噂だ。経済誌のインタビュー記事の写真ではいかにも頭が切れそうな、リッチで華やかな女性だった。

そういえば、あの写真で身につけていたスーツやアクセサリーはこのブランドのものだったような……？

「まさか祢々が来てるとは思わなかった。他人の空似《そらに》かと」

辰馬は無遠慮に祢々の全身を眺め、ずけずけ品評した。

「ずいぶんといいもの着てるじゃないか。その服、このブランドのだろ？　おまえの給料じゃ大したものは買えないだろうに、気張ったもんだな」

「大きなお世話」

「あのイケメンに買ってもらったのか？　それとも、リッチに見せたくて無理して買い込んで招待状ゲットしたのか」

「喧嘩《けんか》売ってるの？　それとも仕返しのつもり？　言っとくけど、あなたたちの結婚式には別に押しかけたわけじゃありませんからね。招待状よこしたのはそっちでしょ」

「そんなんじゃないって。俺たちやっぱり縁があるんだなって思ってさ」

「は？」

思いっきり不審そうに眉をひそめても、辰馬はかまわず続ける。

「あの男、どうせホストかなんかだろ？　俺と別れて寂しかったんだな。かわいそうに、悪いことしちまった」

祢々は頭に来て辰馬を睨みつけた。

「何言ってるの⁉　あなたは友絵と結婚したじゃない。わたしの友人と二股かけたのよ。ひとを裏切っておいてふざけないでよねっ」

「裏切ったのは友絵のほうだ。あいつ、俺がおまえと付き合ってるのを知ってて誘惑してきたんだぞ」

「誘惑に乗った時点でアウトでしょうが！　しかもあっというまに婚約した。つまりはわたしより友絵のほうが好みだった、ってことよね？　好みの問題じゃ仕方がないわ。安心して、あなたたちとは二度と関わらない。だからもう放っといて――」

「俺は被害者だ！　あいつに騙《だま》されたんだよ！」

押《の》し退けようとする祢々の前に辰馬が立ちはだかる。

「どういう意味よ」

「友絵の奴が妊娠したって言いだしたもんだから、仕方なく結婚したんだ。でなきゃまだ結婚なんて……」

「あら、そうだったの。それはおめでとう」

デキ婚——今は『授かり婚』とか言うのよね——とは知らなかった。

「だからそれが嘘だったんだって！　あいつ、ピル飲んでたんだ。問い詰めたら妊娠は嘘だって白状した。俺と結婚したくて嘘ついたって、今度は泣き落としだよ。まったく呆れてものも言えねぇ」

辰馬は腕を組んで大きく嘆息した。

(呆れてものも言えないのはこっちのほうよ)

バリ島まで行って派手派手しく挙式しておきながら。

「もう籍入れちゃったんでしょ？　だったら諦めるしかな——」

「あんな嘘つき女と暮らすなんてまっぴらだね。実はもう別居して、離婚調停中なんだ」

「はぁ……!?」

ますます呆れ返る祢々の手を、辰馬は強引に掴んだ。

「なぁ、祢々。ヨリを戻さないか？　俺、やっぱりおまえのほうが、ずっといい。友絵より美人だし、あれこれうるさく言わないで好きなようにヤらせてくれるし……」

カッとなって祢々は手を振り払った。

「冗談じゃないわ！　あんたみたいなヘタクソ、金輪際《こんりんざい》願い下げよっ」

「なんだと⁉」

辰馬は顔を紅潮させ、祢々に掴みかかろうとしたが、その手を後ろから誰かが引き止めた。

「不埒《ふらち》なまねはやめていただこう」

氷のように冷ややかな声に、反射的に身を縮めていた祢々はハッと顔を上げた。冷たい怒気を込めて辰馬を睨んでいるのは遠流だった。

彼は手首を掴んだ拳が白っぽくなるほど容赦なく力を込めた。辰馬の顔色が一気に青くなる。

「は、放せ……っ」

必死に振り払おうとするも、遠流はびくともしない。辰馬より背は高いものの、体格的にはそれほど差がないように見えるのだが……。

と、彼がパッと力をゆるめたので辰馬はよろけてたたらを踏んだ。

「くそっ……何しやがる⁉」

「それはこちらが訊きたい。私の秘書が何か失礼でも？」

「ひ、秘書？」

遠流は酷薄《こくはく》な微笑を浮かべ、おもむろに名刺を差し出した。

「……東雲リゾーツ＆ヴィラ……副社長……？　し、東雲……っ⁉」

辰馬の顔色は一段と青くなった。単に祢々の勤める会社の副社長というだけでも、不動産会

社営業部の主任にすぎない辰馬からすれば遥かに上の役職だ。

しかも、記された名前は東雲姓。東雲グループが由緒ある同族企業であることは辰馬もよく知っている。

「何か苦情があるなら当社の顧問弁護士を通していただきたい。なんなら弁護士の名刺も渡しておこうか？」

「い、いや、結構だ……です！　ちょ、ちょっとした誤解……でしてっ……」

「いい機会だから、はっきりさせておこうか。花菱《はなびし》不動産、営業部主任の西之原辰馬くん」

「⁉　な、なんでっ、名前……⁉」

「彼女——壺井祢々さんは現在、私と結婚を前提に交際中だ」

唖然《あぜん》とする祢々にはかまわず、遠流は自信たっぷりの態度で話を続けた。

「彼女が以前きみと付き合っていたことは承知している。しかしきみは彼女の友人と結婚したそうだね？　奥さんと何があったか知らないが、未練たらしく付きまとうのはやめていただきたい。聞き入れてもらえない場合、花菱不動産と警察の両方に——」

「ごっ、誤解です！　彼女とは偶然出会って、ちょ、ちょっと立ち話をしただけで……っ。しっ、失礼します！」

辰馬は真っ青になって頭を下げると、祢々には目もくれず全速力で逃げていった。

「——フン。まったくずうずうしい奴だ。あんな男とは別れて正解だよ」

煩《わずら》わしげに眉をひそめ、遠流はシッシッとハエでも追い払うようなしぐさをした。

「……副社長」

「ん？」

「だ……誰が結婚を前提にお付き合いしてるんですか……っ⁉」

怒り心頭の態《てい》で怒鳴られた遠流は、一転してたじたじと眉を下げた。

「えっと……。俺はそのつもりなんだけど？」

「付き合ってほしいなんて言われてませんよ⁉　一ッ言も！」

「ちゃんと言ったよ、俺。バリ島で」

うわぁと身を縮めながらも遠流は断固主張する。

バリ島と聞いて頭に昇っていた血が一気にサーッと下がった。ふらふらと倒れそうになる祢々を、慌てて遠流が支える。

「わわ⁉　祢々さん、しっかり！」

「き……聞いてません……。っていうか、な……なんのことでしょう……バリ島なんて、い……イッタコト、アリマセン……ヨ……」

顔を引き攣らせながら空々しい笑い声を上げると、遠流はハァと溜息をついた。

「本当に意地っ張りだなぁ、ハナコさんは」

「…………‼」

お……終わった——。

祢々はどうにか遠流を押し退けるとよろよろと壁にすがった。

「い……いつから気付いて……？」

「もちろん最初からに決まってる。俺、人の顔を覚えるのは得意なんだ」

ずーんと祢々は落ち込んだ。

思い出さないように、思い出されないようにと細心の注意を払ってきたのに……！　あの努力はなんだったのか。

遠流は溜息まじりに軽く髪を掻き上げた。

「あのさ、祢々さん。とりあえず落ち着こう。こんな廊下じゃなんだし……さっきも言ったように上のバーで——」

「飲みませんッ。絶っっ対に、飲みませんからッ……！」

「せめて水は飲んだほうがいいと思うな。そのほうが落ち着く。コーヒーか紅茶でもいい」

どよんとした横目で睨むと、遠流は本当に心配そうに祢々を窺っていた。

実際、座りたいのは確かで、祢々は力なく頷いてのろのろ歩きだした。遠流が手を貸そうとするのを邪険に断り、自力でエレベーターホールにたどり着く。エレベーターでも、バーに入っても、祢々は押し黙ったままだった。

第四章　まずは改めて、セフレから――ですかっ⁉

案内されたのは奥まった窓際の角席だった。

「ここなら落ち着いて話せるだろう」

「……話すことなんか」

消え入りそうな声で呟いてうなだれる。注文を取りに来たウェイターに遠流が何かを頼んでいたが、祢々はぼんやりと聞き流した。

戻ってきたウェイターが遠流の前にウィスキー・オン・ザ・ロックとチェイサー、祢々の前にはトールグラスを置く。カットライムとミントの葉が添えられた炭酸水のようだが。

「なんですか、これ」

「サラトガクーラー。ジンジャーエールにライムジュースが入ってる。ノンアルコールだから安心して」

頷いて祢々はグラスを口許《くちもと》に運んだ。

「おいしい……」

呟くと、遠流はにっこりして軽くロックグラスを掲げた。

「よかった」

ふたたび会話が途絶える。かすかに流れる気だるげな音楽。離れた場所で交わされる会話。

窓の外に広がる夜景を、祢々はぼんやりと眺めた。

「……忘れてもらえませんか」

「いやだね」

何を、と聞き返しもせず拒否される。ますますうなだれる祢々を見て遠流は溜息をついた。

「そんなに嫌われてたとは……。ショックだ」

「嫌ってるわけでは……」

「本気で待ってたんだよ、電話してくれるの」

残されたメモをその場で破いて捨てたとは、さすがに言いづらい。

「ひとつ訊きたいんだけど、さ」

「はぁ」

「お気に召さなかった？」

何を？　と訊きそうになって、ハッと思い当たり、祢々はカーッと赤くなった。

「そんな……ことは……」

「俺は、よかった。すごく」

妙にきっぱり断言され、ますます恥ずかしくなる。

「しかしね、俺はナンパするつもりじゃなかったんだよ。本当に」

「それは別に疑っていません」

「誰かを裏切ったわけでもない。俺はあのときも今もフリーだし、祢々さんも元カレとは別れてたんだよね？　それともまだ好きなのかな」

「……っ、嫌いです！　なんであんな人が好きだったのか……ほんとわからない……」

ぐっとグラスを傾け、祢々は溜息をついた。

「すみません。これお代わりしてもいいですか」

遠流は軽く手を上げてウェイターを呼び、同じものをと注文した。

新しいサラトガクーラーのグラスが運ばれ、祢々は一口飲んだ。

「……本当に、副社長のことがイヤで逃げたんじゃないんです」

「遠流。今は仕事の話じゃないだろう？　敬語も不要。――じゃあ知らんぷりしたわけは？」

「……恥ずかしくて。出会ったばかりの、知らない人と……ああいうことしたのが。しかも、すごく酔っぱらってたし……」

「酔いたかった気持ちはわかるよ。あのときも言ったと思うけど。恥ずかしがることなんてない。ま、そういう生真面目でお固いとこがかわいいんだけどね」

「全然かわいくないですよっ」

「だから敬語はやめようって。祢々さんはかわいいよ。本当にかわいい。俺は祢々さんが好きだ。あのときだって、仕事で呼び戻されたりしなければ、きっちり交際を申し込んだ」

「そ、そんな。副社長――と、遠流……なら、もっといい人がいくらでも……」

「俺は祢々がいい」

いきなり呼び捨てにされて驚いたが、腹は立たなかった。バリ島の夜のビーチで並んで歩いたときみたいに、胸がざわざわして、ドキドキしてる。

「祢々さんは、俺が嫌い？」

「だから嫌いでは……」

「好きでもないんだ？」

「……というより、恋愛したくないんです。当分は」

「半年経っても、まだダメかぁ」

ふーっと遠流は溜息をついた。

「遠流……には、感謝して、る」

呟くと、彼は目を丸くして祢々を見た。気恥ずかしくなり、ふいと顔をそむける。

「……酔っぱらいの愚痴に付き合ってくれて、慰めてくれて……。ほんと、いい人だよね。わたしなんかには、もったいない」

「なんでそうなるかな……」

うーん、と彼は眉間にしわを寄せた。

「俺、本気で祢々さんが好きなんだけど」

「ごめんなさい……」

真摯《しんし》に詫《わ》びて頭を下げる。遠流はしばらく黙ってグラスを傾けていた。

「……俺のこと、嫌いではないんだよね？」

祢々は頷いた。最初に出会ったときも、再会してしばらくの間も、彼をナンパなチャラ男と決めつけていた。しかしそんな偏見も今回の建築家の件でかなり見直した。

上司として尊敬する気持ちがせっかく生まれたのだ。それを大事にしたい。彼と恋愛関係になって、また……ダメになったら？　辰馬のとき以上に傷ついて、仕事ができなくなってしまうかも。

（わたし……すごく臆病になってる）

自覚はあっても、踏み出す勇気が出てこない。上司である以上に、遠流が東雲グループの御曹司なのだと思うと、どうしても腰が引けてしまう。

自分は根っからの庶民で、社交的な性格とも言い難い。自ら脚光を浴びるより黙々と裏方仕事をこなすほうが好きだし、得意だ。秘書という仕事は華やかそうに見えて実際には地道なサポート業務。自分にはそれが性に合っていると思う。

「……本当に、ごめんなさい」

遠流は答えず、ウィスキーを飲み干すと空になったグラスをコトリと置いた。まんまるに削られた透きとおった氷は、まだほとんど溶けていない。

祢々が見るともなしにぼんやり氷を眺めていると、独りごちるようにぽつりと彼は呟いた。

「あのときの写真、取ってあるんだよね」

唐突な言葉に、ぽかんと彼の横顔を見る。

「写真、って……。ブーケトスの……？」

「違うよ。眠ってる『ハナコさん』の写真さ」

少しだけ意地の悪い、それでいてどこか誘うような笑みを浮かべて彼は祢々を眺めた。

「俺、『ハナコさん』に本気で惚《ほ》れちゃったからさ。電話をもらえず振られちゃったときの慰めにしようと、写真を撮らせてもらったんだ」

「け……消してよ、そんなのっ」

思わず声が高くなって、慌てて口を押さえる。

「……脅迫するつもり……!?」

「まさか。写真を撮って保管しているという事実を述べただけさ。俺のかわいい『ハナコさん』を他人に見せたりしないよ。ひとりでじっくり眺めては切ない思い出に浸るんだ。さて、今夜もかわいい『ハナコさん』を愛《め》でながら眠りに就くとしようかな」

フフッと笑って彼は立ち上がった。

「実は俺、ここに部屋取ってあるんだ。帰るの面倒くさいから泊まっていこうと思って」

彼はカードキーを祢々の前に滑らせ、長身を傾けて耳元で部屋番号を囁くと、姿勢を戻してにっこりした。

「じゃ、おやすみ。お疲れさま」

「……っ、ちょっ……」

焦る祢々に余裕で手を振って、遠流はバーを出ていった。祢々は青くなったり赤くなったりしながら、頭を抱え込んで小さく呻いた。


コン、コン、コン。

決死の覚悟で扉をノック。開いた扉の内側で、シャツの襟元をゆるめた遠流がにっこりする。憎たらしい。

この端整な相貌のど真ん中にパンチを叩き込んでやれたらいいのに。ボクシンググローブを付けて彼を見事ノックアウトする様を空想して、いくらか鬱憤《うっぷん》を晴らす。

「――写真、返して」

固い声音で要求すると、彼はドアにもたれてくすりと笑った。

「入ったら？　戸口で言い争う気はないんで、俺」

渋々祢々は室内に足を踏み入れた。カードキーをかざさないとエレベーターが停《と》まらないクラブフロアの、角に面したスイートルーム。帰るのが面倒くさいからとこんな部屋を平然と取ってしまう遠流は、やはり別世界の人間だ。

リビングは床から天井まで全面ガラス窓になっている。しかも高層階の角部屋なので、瞬《また》く星空と夜景がぐるりと見渡せた。

テーブルの上にはシャンパンクーラー。既視感に襲われ、祢々は眉間をギュッと摘まんだ。

「今回はちゃんと来てくれて嬉しいよ」

グラスに注いだシャンパンを差し出されて首を振る。

「飲まないって言ったでしょ」

「乾杯するだけならいいだろう？　いやなら飲まなくていい」

仕方なくグラスを受け取り、チン、と軽く合わせた。グラスを傾ける遠流を睨むように見つめて祢々は繰り返した。

「写真、返して」

「返すも何も、撮ったのは俺だから著作権は俺にある」

「しょ……肖像権はわたしにあるはずよ！」

「著作権と違って、日本には肖像権に関する明文法がないんだよね。人格権の一部として判例で認められてるだけで」

　さらっと返され、彼が弁護士資格を持っていたことを思い出して祢々はグッと詰まった。

「ひ、被写体の同意なしに撮るのは、肖像権の侵害じゃないの⁉」

「そうだけど、もう撮っちゃったし。それに俺、写真を公表したり発表したりする気はないから安心して」

「安心なんてできるわけないでしょ⁉　リ……リベンジ、ポルノとかっ……問題になってるじゃないのっ」

「顔しか写ってないからその心配はない。寝顔で、横顔だけだしね」

「確認するわ、見せてっ」

「ヤだよ。俺の宝物なんだ、そう簡単に見せられるもんか」

　べーっと子どもっぽく舌を出す遠流を、憤然《ふんぜん》と睨みつける。

「写ってるのはわたしでしょ⁉　だったら見る権利くらいあるわよっ」

「見せたら俺と付き合ってくれる？」

「どうしてそうなるのよ⁉」

「だって俺、祢々さんが好きなんだもん」

　祢々はあんぐりと口を開け、ついでがくっと肩を落とした。

（なんだもん、って……。三十越えた、いい大人が言う台詞《セリフ》⁉）

「こういうことはあんまり言いたくないけどさ。あのとき祢々さん、かなり気持ちよさそうだったよね？　何度も達《イ》ってたし……俺もめちゃめちゃがんばった」

真顔で言われて耳まで赤くなる。その様子に、遠流はふと小首を傾げた。

「……もしかして、感じちゃったのが恥ずかしい、とか？」

祢々は眉を吊り上げ、くるりと背を向けた。

「もういいわ！　帰るっ――うきゃ⁉」

慣れない十センチヒールであることを忘れて大股に歩きだし、途端に足首がカックンとなる。

素早く遠流が腰に腕を回して支え、ホッとしたのもつかのま、ひょいと抱き上げられて祢々は悲鳴を上げた。

「ちょっ……何するのよ⁉　下ろして！」

叫ぶや否や、遠流は大きなソファにどすんと腰を下ろした。横抱きにされていた祢々は彼の膝の上で目をぱちくりさせた。

「祢々さん、元カレとのエッチであんまり感じたことなかったんでしょ？　バリ島で、マグロとか丸太とか口走ってたし」

「え……っ⁉　マ、マグロは赤身が好き……とか？　言った覚えは、ある……ような……？」

「うん、大トロ女に彼氏盗られたって」

「ひ――っ……」

羞恥のあまり祢々は顔を両手で覆って身を縮めた。酔っぱらっていたので前後の脈絡がよく思い出せない。

「俺も赤身のほうが好きなんだよね」

「……あの。それはたぶん、食べ物の話では……なく……」

「うん。あのときの祢々さんは魚河岸に転がってる冷凍マグロではなく、トップスピードでぎゅんぎゅん泳ぎまくってる、最高に生きのいいマグロだった。いやいや違うな、セクシー可憐《かれん》な人魚姫だ」

「やめて恥ずかしいからぁっ！」

必死に逃れようとするも、がっちり押さえ込まれて手足をバタつかせるのが関の山。

遠流は祢々に頬をくっつけて切なげな溜息をついた。

「本当にかわいかった……。こんなにかわいい祢々さんを丸太呼ばわりしたロクデナシを、心底俺は憎んだ。――あれ？　そういえば、さっきそいつと会ったんだっけ。一発、いや二、三発殴っておけばよかったな。あーあ、残念なことをした。別な報復手段を考えよう。俺の祢々さんを悲しませた罰だ」

「か、考えなくていいからっ。っていうか、あなたのものじゃないからわたしっ」

「あいつのせいで祢々さんは心も身体も深く深ーく傷ついたんだ。許せるもんか」

背後からギュッと抱きしめられ、息が止まりそうになる。祢々はおずおずと彼の手に触れた。

「……いいの。本当に、もう」

「祢々さん。酔っぱらったつもりで本当のこと聞かせて。俺とエッチして気持ちよかった?」

素直に頷けたのは、たぶん顔を見合わせていなかったから。

「――わたし、辰馬が……初めてだったの。すごく……痛かった。最初だけじゃなく、大体いつも……」

「でも、我慢してた?」

「嫌われたく、なくて……。それ以外では、楽しくて、おもしろい人だったから……。少しだけ痛いのを我慢してれば、わりとすぐ終わったし……。でもそうしてたら、丸太とかマグロとか……興《きょう》ざめだって言われて……。仕方ないから感じる振り……したの」

遠流が溜息をつき、よしよしと祢々の頭を撫でる。バリ島でもこうしてくれた。それが、すごく……安心だった。

「今考えたら、なんでそんな必死になって合わせてたんだろう……って思う。馬鹿みたい。だけど、あのときは、辰馬のことが好きだった――好きだと思ってたから。ちゃんと感じられないわたしが悪いような気がして……」

「悪いのはあの野郎だよ!」

「……それで辰馬は満足してたみたいだから、安心してたの。でも……浮気してた。わたしの友だちと」

鍵をもらっていたので、なんの疑いもなく彼の住む単身者向けマンションを訪ねた。夕食を作るつもりで、スーパーで食材を買い込んで。

玄関に、自分のものではない女物の靴があった。リビングには誰もいなくて……いやな予感に唇を噛《か》むと同時に、寝室からの物音と声に立ちすくんだ。

おそるおそるドアを開けると、予想どおりの場面が目に飛び込んできた。予想外だったのは、彼と抱き合っている女性だ。

亘理友絵。その瞬間まで、親友だと信じていた人物。

持ったままの買い物袋がドサリと床に落ちた。物音に気付いたふたりが祢々を見て──。

「……辰馬はうろたえたけど、友絵はクスクス笑ってた。得意そうに……」

鍵を投げつけて、マンションを飛び出した。

辰馬からは何度か電話がかかってきたけど出なかった。メッセージも既読スルーしているうちに入らなくなった。友だちリストからふたりとも削除し、電話も拒否設定をした。

そして数か月が経ち、彼らの結婚式の招待状が舞い込んだ。

「──で、招待に応じてバリ島くんだりまで行ったんだ？」

「欠席するのもなんだか癪《しゃく》に障《さわ》って……」

「うん、気持ちはわかる」

「本当は、負けを認めたくなかった……だけかも」

「負けとは思わないけどな。どう考えても、別れて正解だったよ。元カレの辰馬も、寝取った友絵とかいう女も、ろくでもない奴らだ。新婚早々揉めてるのも自業自得さ」

「……そういえば、どこから聞いてたの？　さっきは」

「『俺は被害者だ！』とかなんとかムキになって言い張ってた辺りから、かな？」

祢々は溜息をついた。

「『妊娠した』なんて嘘、友絵がつくとは思わなかった。そんなに辰馬のことが好きだったのね。友絵の気持ちに全然気付かなかったわたしも相当鈍かったわけだけど……」

「それだけ祢々さんが純粋だってことじゃないか。奴らは勝手に修羅場《しゅらば》ってればいい。それより俺たちの今後を考えよう」

「そう言われても……」

「少なくとも、元カレより俺のほうが、身体の相性はいいはずだ。そうだろう？」

きまり悪くて頷けなかったが、遠流は勝手に肯定と取って上機嫌で祢々の頬にキスした。

「これからも目一杯感じさせてあげる。だから……いつか俺を好きになってよ。すぐじゃなくていいから」

優しく真摯な声に、瞳が潤む。祢々は唇の裏をきゅっと噛んだ。

「どうしてわたしなんかが……いいの？」

「なんか、は余計だよ。祢々さんだから好きなんだ。それだけ」

「わたし……『好き』がよくわからなくなった。辰馬のこと『好き』だと思ってたのに、一度浮気現場を見てしまったら、『許せない』というよりは、嫌悪感……？　で、いっぱいになって……。なんだか、気持ち悪くて……。彼のことも……彼に合わせようと必死だった自分自身も……。だから——」

ああ、そうか……と、ふいにすとんと得心《とくしん》がいった。

「……あのとき遠流に抱かれて感じてしまった自分が……許せなかったんだと思う」

「うーん……。わかるような、わからないような。ともかく怒ってはいないんだよね？」

「遠流のこと？　怒ってないわよ。……恥ずかしいっていうのは、やっぱりあるけど……。全然知らない人にぐだぐだ愚痴をこぼすなんて、みっともない」

「みっともなくなんかないよ。酔ってくだをまく祢々さんはかわいかった」

「……遠流は少し変だと思う」

「変になるくらい、祢々さんに惚れちゃったのさ」

すりすり、と頬ずりされ、困惑しつつも悪い気分ではない自分にちょっと呆れる。

「ねぇ、祢々さん。『まずはお友だちから』って言うだろう？」

「……『お友だちでいましょう』じゃなく？」

「なんでいきなり別れ話になるの⁉　身構えず気楽にお付き合いしてみようって意味だよ！しかしお友だちから始めるには俺たちすでに単なるお友だち以上の関係だ」

「上司と部下だものね。うっかり忘れるところだった」

「そこは今、忘れていいところ！」

「う、うん」

めっ、と叱るように睨まれ、焦って頷く。

「だからさ。まずはセフレから始めてみるのはどうかな、っと」

祢々は呆気に取られ、まじまじと遠流を眺めた。

「…………せふれ？」

「そ。セックスフレンドってやつ。相性の良さをお互いじっくり確かめた上で、改めて交際するかどうか決めるの。どう？　これなら安心だろ？」

それって安心……なの⁉　祢々は真剣に首をひねった。

「祢々さんには安心して俺を好きになってもらいたい。自分勝手な元カレみたいに、祢々さんの気持ちを置き去りにするようなまねはしたくないんだ。でも、正直に打ち明けると、バリ島でのエッチがあまりによすぎて、到底がまんできそうにない」

大まじめな顔で言うことー⁉　と呆れつつ、正直に打ち明けられたほうが助かるような気も……？

（やっぱり遠流って、少しじゃなくてだいぶ変……）

それでも彼が、懸命に祢々を気遣ってくれていることはすごくよくわかった。

「……いいわ。じゃあ、その、せ、せ、セフレ……から始めてみましょう……か」

「やったー！」

　バンザイされて祢々はビクッとした。『早まったかも⁉』と焦る祢々を、遠流は嬉しそうにぎゅーっと抱きしめる。

「大好きだよ、祢々さん」

　こんなストレートに愛情を示されたのは初めてで、照れくささのあまりぷいっとそっぽを向いてしまう。

「祢々さんはツンデレさんだなぁ。ほんとかわいい。ねぇ、キスしていい？」

「い、いちいち訊かなくてもいいわよっ」

　眉を吊り上げると、遠流はフフッと笑って唇をふさいだ。

　緩急をつけて唇を吸いねぶられ、恥ずかしさと心地よさとで混乱して逆に固くなってしまう。そんな祢々を優しく抱きしめ、遠流はさまざまな角度から祢々の唇を吸ったり舐めたりした。

　なんだか大型犬に懐かれて、喜び勇んで口をペロペロされているような気がしてくる。

　埒《らち》もない想像をしているうちに、次第にこわばっていた身体からも力が抜け、促されるままに唇を開いて彼の舌を受け入れていた。

「……祢々さん、俺とキスするの、好き？」

「ん……」

「これからうんといっぱいしようね」

甘い囁きと蕩けるような感触に、ぞくぞくと身体の中心がわなないた。

唇がじんわり痺れるほど、遠流は接吻《せっぷん》を繰り返した。いつのまにか祢々の瞳は潤み、とろんと蕩けている。その様を愛おしそうに見つめ、遠流は祢々の腿を優しく撫でさすった。

「あっ……」

甘えるような声が洩れ、祢々は顔を赤らめながら胸を弾ませた。意識しなくても、そっと愛撫されると上擦った声が出てしまう……というより、止められない。

ストッキング越しに腿の内側を撫でていた手が次第に付け根のほうへ移動して、ショーツのくぼみを指先で辿る。

「んっ」

びくっと祢々は身体を揺らした。

「感じる?」

問われるままにがくがく頷く。いつのまにか遠流にすがりつくような格好になっている。彼は祢々の耳朶《じだ》に舌を這《は》わせながら囁いた。

「ココとか……どう?」

布地越しにとりわけ敏感な花芽を指先でくすぐられ、祢々の身体がビクビク跳ねる。

「い……、いぃ……っ」

「気持ちいい?」

「んっ、んっ」

広い胸板に顔を埋め、祢々は無我夢中で頷いた。どうして遠流に触れられるとこんなに感じてしまうんだろう……。そんな疑問も、すぐに快感に呑み込まれてしまう。

下腹部がきゅうきゅう疼き、祢々は達した。

「ふふ。祢々さん、感じやすいね。かわいいな」

祢々はぼんやりと目を瞬いた。感じやすいと言われるなんて、思ってもみなかった。自分はてっきり不感症なのだとばかり……。

褒めるように甘いくちづけを与えられる間にも、彼の指は軽く引っかくようにくぼみを撫でている。ショーツのクロッチ部分はすでにしっとりと湿り気をおびていた。

薄い生地を破かないように、遠流は慎重な手つきでストッキングを脱がせた。次いで、うなじに唇を這わせながらカクテルドレスのファスナーをゆっくりと下ろしていく。

「しわになるといけないからね」

そう言って遠流は脱がせたカクテルドレスをまめまめしくクローゼットのハンガーにかけた。ついでに自分の服も脱ぎだしたので、慌てて目を逸《そ》らす。

ブラとショーツだけなのが今さら恥ずかしくなって胸を腕で隠してソファの隅で縮こまっていると、戻ってきた半裸の遠流に抱き上げられて焦った。

「ま、待って。シャワー、とか……は……？」

「俺は後でいい、っていうか後回しにしたいんだけど。ご命令なら浴びてくるよ」

「め、命令じゃなく。遠流が……いやじゃないかと思って」

「祢々さんはキレイだし、いい匂いだ」

耳元に鼻を擦りつけられ、祢々は真っ赤になった。

「フローラル……かな。フリージアっぽい香りだ。香水？」

「あ、オーデコロン……ちょっとだけ」

時間が経ったからもうほとんど香りは飛んでしまったはずだが。

「ちょっ……そんなかがれると恥ずかしいからやめて！」

「うーん、いい匂い。祢々さんの香りだ。たまらないな」

そのまま寝室へ連れて行かれ、キングサイズのベッドにそっと下ろされた。すでにターンダウンも済み、寝やすいように整えられている。

遠流は甘く情熱的なキスを繰り返しながら祢々の下着を取り去り、剥《む》きだしになった乳房を掌《てのひら》で大切そうに包んだ。

「祢々さんのおっぱい、かわいいな」

「ち、小さい……でしょ……」

「いや、絶妙なサイズ感だよ。しっくりと手になじむ」

囁いて彼は、きゅっと先端を摘んだ。ぴりっとした刺激が走り、びくんと肩をすくめる。くりくりと左右に紙縒《こよ》られると、敏感な乳首はたちまち凝《しこ》って、つんと勃ち上がった。

遠流は身をかがめ、もう片方も同じようにしながら乳首周りを丹念に舐めたどった。舌先で弾《はじ》いたかと思うと口に含んでちゅぅっと強めに吸い上げる。

「ぁ……ん……」

ぞくぞくっと快感が駆け抜け、祢々は顎を反らしてうっとりと吐息を洩らした。両方の乳首を味わい尽くすと、彼は祢々を背後から抱きかかえ、円を描くように乳房を捏ね回した。そうしながら首筋にねっとりと舌を這わせ、耳朶を甘噛みする。

「や……ぁ、くすぐったぃ……」

「気持ちいい、だろ?」

「ん……」

はぁっと熱い吐息を洩らし、祢々はコクリと頷いた。発熱したときみたいに頭がぼんやりしている。

片手でぐにぐにと乳房を揉みながら、遠流は反対側の手で祢々の膝を立てさせると内腿《うちもも》をゆっくりと撫でさすった。羽毛のようなタッチでそっと撫で上げられるたびに、総毛立つようにぞくぞくして、じっとしていられない。

「あ……だめ……っ、くすぐったいの……っ」

「ここ、弱いんだね」

らせた。

「んっ……！」

ことさらゆっくりと内腿を撫で上げながらかぷりと耳朶を食《は》まれ、祢々はビクッと背をしな

「……ああ、もうこんなにトロトロだ」

秘裂を割った指先が、とぷんと蜜溜まりに沈む。くちゅくちゅと音をたてて掻き回され、

祢々は自分がすっかり濡れていることを思い知らされて赤面した。

羞恥に身を縮める祢々をなだめるように、こめかみに優しく唇を押し当てながら、遠流は蜜

をまぶすように花芯を転がした。

「あうっ！　んんッ」

「どんどん蜜があふれてくるよ、ほら」

「だ、だめっ、それ……されると……っ」

「されると？　どうなるのかな？」

悪戯《いたずら》っぽく笑った遠流の指先が、蜜口にぐちゅんと沈む。

「ひッ――」

固い関節の感触が生々しく伝わり、ぎゅっと締めつけてしまう。内奥が疼き、よじれる感覚

に襲われて、祢々は息を詰めた。

「……達《イ》っちゃうんだよね」

遠流は満足そうに囁いて、濡れた祢々の目許にキスした。

「好きなときに何度でも達《イ》っていいんだよ？　そのほうが俺も嬉しい」

チュッと音を立ててくちづけられ、祢々はおずおずと頷いた。遠流は挿入したままの指をゆっくりと抜き差ししながら尋ねた。

「痛くない？」

「ん……」

「痛かったらちゃんと言うんだよ？」

「……怒らない？」

「なんで怒るのさ」

「……興ざめ、とか……」

遠流は眉を吊り上げ、猛々《たけだけ》しい鼻息をついた。

「やっぱりあいつ、殴っとくべきだった。祢々さんにそんなこと言ったのか、あの野郎」

遠流は祢々を抱え直すと真剣に瞳を覗き込んだ。

「痛かったら途中でもやめる。祢々さんにつらい思いをさせるつもりはないから。——やめたほうがいい？」

祢々は目を瞠り、ふるふるとかぶりを振った。

「い、痛くないから。本当に……」

「無理してない？」

「してない」

焦ってさらに首を振ると、ようやく遠流は安堵の笑みを浮かべた。

「俺、祢々さんと一緒に気持ちよくなりたいんだ。ひとりで気持ちよくなったってつまんないじゃないか」

ぎゅっと抱きしめられ、背中をぽんぽんされて祢々は顔を赤らめた。

「……あの、ね。もうちょっと、こうしてても、いい……？」

「もちろん」

遠流は笑って祢々の背を撫でた。彼に抱きしめられて安心感を覚える自分には、まだ戸惑いがある。でも、こうしてあたたかな体温や、しっかりした鼓動を間近に聞いているだけで、じんわりと安堵に包まれるのは確かだ。

「ごめんなさい」

無意識に祢々は呟いていた。彼の気持ちにきちんと向き合えていないのに、こうしてぬくもりを求めるなんてずいぶん自分勝手だ。

「謝っちゃダメだよ。祢々さんは悪いことなんかなんにもしてないんだから」

してると、思う。

ごめんなさい、と心のなかでまた詫びて、祢々は遠流の胸に頬を押し当てた。

祢々の背を撫でながら、独りごちるように遠流が呟いた。

「俺……バリ島で祢々さんを初めて見たとき、すごい腹立ったんだ」

「……え？」

「祢々さんが、あまりに悲しそうだったから。こんな悲しそうな顔をさせやがったのは、いったいどこのどいつだ⁉　って憤慨した。俺なら絶対こんな顔はさせない。誰より大事にして、守るのに、って。……本当にそうしたいって、思ったんだ」

「……もう、してくれてる」

祢々は呟き、彼の背に回した腕に力を込めた。

彼の真摯な気持ちに素直に応えられない自分が情けない。

「ごめ――」

「だから謝っちゃダメだって。大丈夫、こう見えて俺けっこう気が長いんだ。いずれ祢々さんを口説き落とす自信もある。とりあえずセフレにはなれたことだし？」

にんまりする彼を呆れ半分に見上げると、すかさずキスされた。

「そろそろトライしてみようか？」

「えっ……。あ、う、うん……」

焦り気味に頷くと遠流はニヤッとして、「ちょっと待ってて」と囁いてベッドを離れた。当惑していると、すぐに戻ってきた彼は指に挟んだアルミのパッケージを示した。

「バリ島では失礼なことしちゃったからね」

そういえば、避妊具なしでしてしまったのだった。お腹の上に出された記憶はぼんやりとあったが、目覚めるとその痕跡《こんせき》はすでになく、その後身体に異常を感じることもなかった。

彼はパッケージを破り、手早く避妊具を装着した。彼の欲望がすでにかなり滾《たぎ》っていることに気付き、祢々は慌てて目を逸らした。遠流はくすっと笑い、誘惑するように甘く囁いた。

「じっくり見ていいんだよ。よければ触ってくれても」

「え、遠慮……します……」

「じゃあ、祢々さんにしてもらうのを目標にしようかな、俺」

うろたえて背を向けると、くすくす笑いながら抱きしめられ、そのまま押し倒された。

「ほんと、祢々さんはかわいくてそそられる」

溺れるようなキス。

遠流とのキスは心地よくて、うっとりしてしまう。

辰馬のキスはいつもおざなりで、すぐに挿入したがった。それでうまくいかないと祢々のせいにして不平たらたらだった。

遠流は唇が溶けてしまうのではと思うほど、たくさんキスしてくれる。口腔を舌でなぶられることには最初抵抗感があったが、慣れればぞくぞくするほど心地よかった。

濃厚なキスを繰り返しながら隈《くま》なく愛撫され、耳元で甘い睦言《むつごと》を囁かれるうちに、気がつけば祢々は恥ずかしいくらい濡れてしまっていた。

遠流の指は芸術家みたいにすらりと長く見えて、隘路にもぐり込めばごつごつとした節の固さがしっかりと伝わってくる。それもまた、いつしか祢々は心地よく感じるようになっていた。

最初は一本でもきつくて涙ぐんでしまったが、たっぷりと時間をかけてほぐされると二本、三本と受け入れられるようになった。そうして祢々を指で何度か達《イ》かせてから、遠流はおもむろに屹立《きつりつ》の先端を押し当てた。

彼の雄茎はすでにはち切れんばかりに怒張しきっていたが、祢々の花筒は柔軟にそれを受け入れた。ぬぷぬぷと隘路を突き進んだ太棹が、ずんっと奥処に突き当たる。

「ん……。全部挿入《はい》った」

はぁっと熱い吐息を洩らして遠流が囁いた。

「大丈夫？　祢々さん、痛くない？」

「だいじょ……ぶ」

きつくて息が詰まりそうな圧迫感はあったが、痛みは感じない。

「少しこうしてようか」

頷いて、祢々は遠流の抱擁《ほうよう》に身をゆだねた。

「……やっと祢々さんと繋がれた。ずっとこうしたかったんだ」

幸福そうな囁きに、なんだか面映《おもはゆ》い気分になる。

ひとしきり祢々の好きな甘いくちづけを交わすと、ゆっくりと遠流は動き始めた。

ぬちゅっ、ぬちゅっ、と蜜がかき混ぜられる音がひどく卑猥《ひわい》で、恥ずかしくてたまらない。

だが遠流はわざとのように腰を大きく前後させては執拗《しつよう》に祢々の蜜壺を穿《うが》った。

「ひっ、あっ、ぁんっ、んんッ」

甘えるような嬌声《きょうせい》がひっきりなしに口を突く。祢々が痛がっていないことを確かめると、遠流の抽挿は次第に激しく、大胆になった。

「祢々……」

熱っぽい声音で名を呼び、腰を振り立てる。かき混ぜられた愛液が泡立って猛り勃つ欲望に淫靡《いんび》にまといついた。このほうが楽だと思うよ、と腰の下にクッションを入れられたので、仰《あお》向《む》けに横たわる祢々からはいやでも繋がった部分が見えてしまう。

祢々が見ているのを承知の上で、遠流はぐいぐいと腰を入れた。蜜しぶきで祢々の腿はすでにべっとりと濡れている。

遠流は繋がった腰を押し回しながら花芽を摘んで扱いた。脳天を貫かれるような快感に祢々は悲鳴を上げた。

「……気持ちいい？　祢々……」

「んッ……！　い……いぃっ……！」

「俺もいいよ、すごく」

腰を振りたくりながら熱に浮かされたような声音で囁き、遠流は祢々にのしかかった。ぐっとひときわ挿入が深くなり、息を詰める。はくはくと喘ぐ唇を強引にふさがれ、祢々は呻き、彼の背にすがりついた。

「一緒に達《イ》こう?」

「ん……っ」

抽挿に合わせて懸命に腰を振る。渦を巻いていた快楽が次第にひとつの太い流れに収束していき、遠流が欲望を解き放つと同時に祢々も絶頂に達した。

何度か腰を押しつけて精を出し切ると、遠流は名残《なごり》惜しそうに身体を離した。避妊具を始末して、放心している祢々の傍らにドサリと横たわる。

「すごくよかった」

囁いて祢々を抱き寄せ、彼は肩口にチュッとキスした。声もなく頷き、祢々は彼の胸に顔を埋めた。

経験豊富とは言えないけれど、これほどの快楽を味わったのは確かに初めてのことだった。

第五章　初デートはとろ甘仕立て

翌朝。カーテンの隙間から射《さ》し込む陽射《ひざ》しにふっと目覚めた祢々は、起き上がろうとして両手の自由が利かないことに気付いた。

「なっ……何これ⁉」

パイル地のベルトで手首を縛られている。たぶんバスローブの腰ひも。

ベッドに遠流の姿はない。肘をついて身を起こし、なんとか拘束を解こうと奮闘していると、寝室の入り口からのんびりした声がかかった。

「あ、起きたんだ」

「副社長！　なっ、なんなんですか、これ……⁉」

「遠流だよ」

「あ、朝ですからっ」

「今日は土曜日だよ。ウチは土日休み。勤務時間以外は役職で呼ばないように。敬語も禁止」

「じゃ……じゃあ、遠流！　なんなのこれはっ」

「んー、また逃げられたら悲しいんで用心のため」

「逃げないわよ！　っていうか、またって何⁉　わたし逃げてなんかない、遠流が先にいなくなったんでしょ！」

「そうだね、祢々さんは俺が残したメモを無視しただけだもんねぇ」

「い、厭味《いやみ》……⁉」

「まさか。俺がシャワー浴びてるあいだに勝手に帰られないようにしただけ」

「逃げたりしないから、解いて」

早くっ、と手を突き出すと、何故か遠流は考え込むように顎を撫でた。

「ふぅむ。これはなかなか……そそられるシチュエーションだなぁ」

真っ赤になって祢々は彼を睨んだ。不本意にも祢々は全裸で、手首を縛られているので身体を隠すこともできない。肩をすぼめ、できるだけ腕で胸を隠そうとしながら祢々は叫んだ。

「馬鹿なこと言ってないで解いてよ！」

「そういう格好だと胸の谷間が深くなってますますそそられちゃうんだけど……。せっかくだから、しよっか」

「は⁉　ちょ、ちょっと」

のしかかられて祢々は慌てた。バスローブを脱ぎ捨てれば、彼の欲望はすでに昂然《こうぜん》と頭をもたげている。

「だ、だめ！　そのままはダメっ」

「そうだね、俺たちまだセフレだし」

あっさり頷いたかと思うと、遠流は呆れるほどの素早さで避妊具を取ってきた。

昨夜の余韻がまだ残っていたのか、わずかな前戯でも挿入に苦痛はない。それもなんだか悔しくてそっぽを向いたが、甘やかすように繰り返しキスされるうちに気分がのってきて、結局祢々は二度、三度と達してしまったのだった。


やっと解放された祢々は、不埒な遠流にも、容易に流されてしまう自分にも憤然としながらシャワーを浴びた。

出てくるとルームサービスの朝食が届いていた。もともと宿泊予定だった遠流は抜かりなく着替えを持参しており、カジュアルなボタンダウンシャツにチノパン姿。

相変わらずモデル並に格好よくて、ますます腹が立つ。性格はとんでもなく変なのに！

「……ずるい」

さっと椅子を引いて祢々を座らせた遠流は、左手に腰を下ろして不思議そうに祢々を見た。

「何が？」

「わたし着替え持ってきてないんだけど。カクテルドレスで朝帰りなんていかにもじゃない」

「着替えならクローゼットにあるよ」

驚いて見に行くと、見たこともないワンピースが下がっていた。デザインはシンプルなAラインながら生地も縫製も実に上等だ。後ろからついてきた遠流がニコニコしながら説明した。

「祢々さんをうまく誘えた場合、必要になるかと思って持ってきたんだよ」

「……最初からそういう魂胆《こんたん》だったわけ？」

「魂胆というか、誘えたらいいなぁと思って。ダメだったら持ち帰ればいいだけだし」

けろっとしている遠流を見ると、いちいち腹を立てるのが馬鹿らしくなってくる。

「冷めないうちに朝ごはん食べちゃおうよ。あれが気に入らなければ別なの買えばいい」

「食べたら帰りますっ」

極上の笑顔でまぁまぁとなだめられ、ふたたび席に着く。

だんだんわかってきたが、遠流のこの笑顔はとんでもない曲者《くせもの》だ。愛想のよさにうっかり騙されたが最後どこまでも押し切られ、気がつけばまんまと思うつぼに嵌《は》まっている。

しかし都心にそびえ建つラグジュアリーホテルの朝食は絶品で、悔しいけれどいつまでも意地を張って不機嫌を装ってはいられなかった。

朝っぱらから無体を働かれたのは腹立たしいが、それ以上に男性からこんなに甘やかされた経験がなくてどうしていいかわからない。要するに照れくさくて、怒ったふりをしているだけなのだ。

そんな祢々を、遠流は蕩けるような笑顔で見つめている。それでますます照れくささに拍車がかかってつんけんしていると、『もー、祢々さんはツンデレさんだなぁ』と嬉しそうに言われてしまう。ついにげんなりとなって祢々は白旗を揚げた。完敗です、はい……。

「——このワンピース、いつ買ったの？　なんだか見たことあるんだけど」

「カクテルドレスを買ったときだよ。これなら普段使いできると思って勧めたら、頑として断られただろう？」

「仕事に関係ないものはいただけません」

「もったいないから祢々さんがフィッティングルームで着替えてる隙に、俺の自宅へ送るよう頼んでおいたんだ」

背中のファスナーをていねいに上げると、鏡に映る祢々を満足そうに眺めて遠流はうなじにチュッとキスした。

「今日はふたりでゆっくりしようよ。初デートだ、わくわくするなぁ」

「……わたしたち、セフレなんでしょ？　セフレはデートとかしないと思うんだけど。終わればさっさとバイバイなんじゃ？」

「しちゃいけないという決まりはない。俺、祢々さんとデートしたい。本当はバリ島でしたかった。ビーチでのんびり過ごすのもいいし、寺院の見学とかショッピングとか。祢々さんのかわいい寝顔を見ながらウキウキ計画を練ってたら、いきなり無粋な電話がかかってきてさぁ」

もうガッカリだったよ～、と遠流は切なげな溜息をつき、祢々を背後から抱きしめたまま肩にことんと顎を乗せた。

「だから俺、何がなんでも祢々さんとデートしたいんだ。付き合って」

ハァ、と祢々は嘆息した。そういうこと言われると、彼が残したメモをビリビリに破いてごみ箱に叩き込んだことが申し訳なく思えてきてしまう。もしも彼が朝になっても隣にいたら。きっと笑顔で押し切られ、ふたりでバリ島めぐりをしていたに違いない。

(それはそれで、楽しかったかも……？)

うっかり空想してしまい、ハッと眉を吊り上げる。

「……わかったわ、付き合ってあげる」

女王様か！　と自分にツッコミを入れつつ、照れ隠しでことさらツンと顎を反らすと、遠流は無邪気な歓声を上げてギュッと祢々を抱きしめた。

「ありがとう、祢々さん！　目一杯楽しくすごそうね～！」

上機嫌の遠流にまず連れて行かれたのは美容室だった。店構えからしていかにも高級そうなサロンで、店内には国内外のセレブとスタッフが笑顔で並ぶ写真が、さりげなく飾られている。奥のほうは個室になっていて、内装はシックなロココ調。広さは八畳くらいあり、豪華なソファセットまで備えつけられている。

当然のようにくっついてきた遠流は悠然とソファに腰を下ろした。ちょっと整えてもらうだけでよかったのに、洗髪とトリートメントにカット、爪と眉のお手入れとメイクアップまでついたトータルコースを、遠流は勝手にオーダーしてしまった。

やがて三十代のイケメン美容師が現われた。彼はこのサロンのオーナー店長で、遠流とは個人的な知り合いだという。ニューヨークの有名店で出会って以来、いつも彼にカットしてもらっているそうだ。

「彼に任せれば間違いないよ。ニューヨークの超高級サロンで何度も売上ナンバーワンになった実力の持ち主だから」

遠流は安心させるつもりで言ったのだろうが、庶民の祢々は実力よりもお値段のほうが気になってしまう。

「よ、よろしく、お願いします……」

「こちらこそ、よろしくお願いします。ちょっと失礼」

イケメン店長はにっこり微笑んで、祢々の髪を掬《すく》ってしげしげと眺めた。

「……うーん。少し傷んでるかな？　ふだんのシャンプーは市販品？」

「はい」

ドラッグストアならどこでも売っているメーカー品だ。

「今日は……トリートメント付きか。これするとだいぶ手触りが変わりますよ。効果も一か月くらいはもつから」

毛先を数センチカットしてもらうことにして、まずは洗髪だ。担当の女性美容師の案内で個室を出ようとすると、店長が遠流の髪をさらっと掬って尋ねた。

「ついでに遠流くんもちょっとカットしとく？　もう一か月経つよね」

「そんなに伸びたかな」

「髪は一か月で約一センチ伸びるんだよ。あと、爪の手入れもしとこう。どうせ彼女さんを待ってるあいだヒマだろうし――」

そこでドアが閉まったので、後の会話は聞こえなかった。

彼女じゃないんだけど……と思いつつ、ていねいにシャンプーとトリートメントをしてもらい、戻ってくると遠流はソファで雑誌を捲《めく》りながらネイルケアを受けていた。

社会人として身だしなみを整えるのは当然のこととして、昨今は日本のエグゼクティブも美容に気をつかうようになっている。先月まで秘書として付いていた東雲専務――遠流の伯父も、美容室はもとより定期的に歯科やメンズエステに通っており、その手配やスケジュール管理も秘書である祢々の仕事だった。

遠流の爪はいつもきちんとカットされ、健康そうな艶がある。名刺を差し出したり、書類の受け渡しなど、意外と指先は目につく。

（自分で予約してるのかしら？）

そういえば、身だしなみ関連については聞いてなかったっけ。思い出して祢々は反省した。

いつ見ても遠流の身だしなみは完璧だったから、ついうっかりしてしまった。

必要以上に関わりたくないという気持ちがあったのも確かだが、これも仕事のうち。後で聞いておかないと。

鏡の端に映る遠流をちらちら窺っているうちにカットとブローが終わり、コテでふんわりと髪を巻いてもらった。ヘアアイロンは自宅でもよく使うが、自分ではなかなかうまく綺麗に巻けない。

眉を整え、メイクもしてもらって、二時間かかって完成。全身を鏡に映して祢々は驚いた。

「素敵だよ、祢々さん！」

遠流がすっかりご満悦の態でしきりと頷く。パッと見ではそれほど変化はないが、祢々が洗髪してもらってるあいだにカットを済ませていたらしい。朝とはちょっと印象が変わって、イケメン度がさらに上がったような……？

ドキドキしてしまって、祢々はひそかに唇の裏をきゅっと噛んだ。

最敬礼と極上の笑顔で見送られて美容室を出ると、遠流は祢々の手を引いて、店の前に停まっている白いSUV車に歩み寄った。フロントグリルにはギリシャ神話の海神が持つ三叉銛《トライデント》みたいなエンブレムが付いている。

車の側には四十代くらいの黒スーツの男性が立っていた。遠流にうやうやしくお辞儀をし、助手席のドアをさっと開ける。遠流は相変わらずお気楽な調子で頷いた。

「ごくろうさん。——さ、乗って」

「え？　え……!?」

有無を言わさぬ笑顔で助手席に座らされてしまう。

「キーはこちらに」

男性はまたもうやうやしく両手で車のキーを差し出した。白手袋をきっちり嵌めている。執事みたいだ。燕尾服《えんびふく》に蝶《ちょう》ネクタイじゃないけど。

「ありがとう。帰りはたぶん遅くなると思う。夕食はどこかで済ませてくるけど、軽くつまめるものを作っておいてくれると助かるな」

「かしこまりました」

男性はお辞儀するとていねいに助手席のドアを閉めた。車を回り込んで遠流が運転席に乗り込む。軽快にエンジンをスタートさせ、ウィンカーを点滅させてなめらかに発進した。黒スーツの男性が深々とお辞儀している姿が助手席側のミラーに映った。

「……あの人、誰？」

「ああ、穂積《ほづみ》って言うんだ。執事みたいなものかな」

「東雲家の？」

「いや、俺の。俺、一人暮らしだし」

「ひとりで執事雇ってるの!?」

「いろいろ管理してもらってる。彼は料理もプロ並みでね。栄養士の資格も持ってるんだ」

健康管理もしてもらっているわけか。さすが東雲一族の御曹司。

彼がヘリポート付きのタワマン上層階に住んでいることはもちろん知っていたが、執事までいたとは知らなかった。連絡は直通のスマホなので取り次いでもらう必要はないし、自宅を訪ねたこともない。

「……で、どこ行くの？」

「茨城県」

「何しに!?」

「ネモフィラ畑がちょうど見頃らしいから、見に行こうよ」

「ネモフィラって……あの青い花？」

「そうそう」

ハンドルを操りながらにこにこと遠流は頷いた。

（――ま、いいか。一度見に行きたいとは思ってたし）

「お昼になっちゃったね。お腹空いてない？」

「朝が遅かったから、まだそれほどでも」

「途中でどこかに寄ろうか」

こうなったら覚悟を決めて今日一日は付き合おう。そう決めて祢々はシートにもたれた。ゆとりのある車内はインテリアも高級で、レザーシートの座り心地も抜群。右ハンドルだが外車だろう。訊けばイタリアのメーカーだそうだ。

（こういう超高級品が、さらっと似合っちゃうんだものね……）

やっぱり住む世界が違うひとだわ、と実感する。

高速道路に入り、祢々は流れる車窓の景色をぼんやり眺めた。かなりのスピードなのに驚くほど静かな車内には、ジャジーな音楽がゆるやかに流れている。

ふと思い付いて端整な横顔に視線を向けた。

「偶然なの？」

「ん？　何が」

「わたしが、あなたの秘書になったこと」

くすりと彼は笑い、思わせぶりな横目で祢々を見た。

「運命だよ」

「はぐらかさないで」

「俺は本気でそう思ってるんだけどな。まず、バリ島で出会ったのは運命で――」

「要するに偶然ってことね」

無情に切って捨てられ、遠流が抗議の声を上げる。

「もー、祢々さんってば情緒がないなぁ」

「事実関係を正確に知っておきたいだけよ。――もしかして、わたしが東雲R&Vで働いてるって最初から知ってたの？」

「そこは本当に偶然。あのとき祢々さんの名刺を見て、これは運命に違いないと」

「わたし名刺なんて渡してないわよ⁉」

「ごめん。本名が知りたくて、祢々さんが寝てるあいだに名刺ケースから――」

「勝手に荷物を探ったの⁉」

「ごめん！　祢々さんのこと知りたくて、つい」

詫びる遠流を睨みつけ、祢々は憤然と腕を組んだ。

「本当にそれだけ？」

「命賭けてそれだけ！」

「命まで賭けなくていいけど……。あの頃、あなたは親会社の北米支社にいたのよね？」

「うん。どうしてももう一度会いたかったから、東雲R&Vに無理やり副社長のポスト作ってもらって、祢々さんを自分付きの秘書に引き抜いた」

「――嘘」

「本当だよ」

「嘘だわ。ただ会いたいだけなら会いに来ればいい。不要不急のポストをわざわざ新設してまで会社に入り込む必要なんてないわよ」

断定すると、遠流は妙に楽しげに笑った。

「はは。祢々さんのそういう冷静なとこ、好きだなぁ」

「ふざけないで。あなたは企業弁護士としてアメリカでバリバリ働いてた。それをグループ企業とはいえ中規模のリゾート開発会社にいきなり転任なんて、どうしたって解せない」

「ちょっと買いかぶりすぎじゃない？　俺、別にバリバリ働いてなかったし。前にも言わなかったっけ？　法務部にいたといっても顧問で、あんまり会社には行ってなかったんだよね」

「会社行かずに何してたのよ」

「んー、好きなことして稼いでた。ウチ、副業禁止規定ないし」

「副業って、何してたの」

「ひ・み・つ。俺と結婚してくれたら教えるよ」

「じゃあいいわ」

「つれないなぁ。いいよ、冷たくされるほど燃えちゃうんだ、俺。あ、祢々さん限定ね」

変態……と心の中で呟く。

「……まさか、法に触れるようなことじゃないでしょうね？」

「これでも俺、弁護士なんだけど？」

「余計に不安だわ。悪徳弁護士とか、映画にもよくあるじゃない」

「俺は企業法務専門の社内弁護士だよ。一般の依頼は受けてない。俺が悪事を働くとしたら、それこそ会社ぐるみでヤバい事態だな」

　遠流は悪戯っぽくニヤリとした。

「ま、そんなことにはならないから。本当に俺、祢々さんに会いたくて日本に戻ってきたんだ。この半年、そのために必死で動いた。副社長のポストを新設したのも、実のところ一〇〇％俺のわがまま……ってわけでもなくてね」

「じゃあなんなの？」

「もー、今日はデートなんだから、仕事の話はなし！　ね？」

　にっこりされて、祢々はしぶしぶ頷いた。

「あとでちゃんと説明してほしいわ」

「そのときが来たらきちんと説明するよ。確かに俺は祢々さんを専務から横取りした。半分は私的な動機、もう半分は、実際に優秀な秘書のサポートが必要だったから。万能秘書と呼ばれる祢々さんの仕事ぶりも、間近で見たかったしね」

「何度も言うけど、それ秘書課の同僚の厭味だから」

「社長も専務も祢々さんのこと褒めてたよ？　どうせやっかみだろ。小松菜……だっけ？」

「小松田よ」

　懸命にアピールしてるのに名前さえ正確に覚えてもらっていないとは気の毒に。

「昔から俺の周りによくいたタイプだ。興味ないね。俺は祢々さん一筋」

「……」

「反応してよ、祢々さーん」

「なんでそんなにわたしがいいのか、わからなくて」

「美人だし、頭いいし、仕事できるし」

「そういう人は他にいくらでも――」

「何よりギャップがいい！」

「ギャ、ギャップ……？」

「仕事は万能でなんでもそつなくテキパキこなすのに、プライベートではツンデレ女王様なことか。素面《しらふ》ではクールなのに酔っぱらうと絡み酒で延々とクダ巻くとことか実に萌《も》える！

ああ、きゅんきゅんする～！」

「忘れて！　今すぐ忘れてー！」

誰がツンデレ女王よ!?　三十男がきゅんきゅんしないでよー！

（ひ、ひとがいちばん直視したくないところを……！）

「真っ赤になって照れてる祢々さんも、すごくいい。めっちゃかわいい。押し倒したくなる」

「運転に集中しててっ」

「はっはっは。心配性だなぁ。そういうところもかわいいよ」

言い返す気力も尽き、ぐったりと祢々はシートにもたれた。

「疲れた？　寝てていいよ。着いたら起こしてあげる」

「……大丈夫」

　祢々はかぶりを振って身体を起こした。助手席で居眠りしては運転者に悪い気がする。そんな祢々の気持ちを察したように、遠流は優しく言った。

「気をつかわなくていい。朝から無理させたしね」

　祢々は赤くなって顔をそむけた。ふふっと遠流が笑う気配がした。そのまま窓外をぼんやり見ているうちに、祢々はうとうとと眠り込んでいた。

　有料道路の出口で車内にアナウンスが流れ、我に返って慌てて座り直す。

「ご、ごめんなさい」

「寝てていいって言っただろう？」

　窓からはすでに公園の観覧車が見えている。ゴールデンウィーク前とはいえ土曜日なので、駐車場はかなり混雑していて少し時間がかかった。移動するあいだにだいぶお腹がすいたので、まずはレストランに直行。常陸牛《ひたちぎゅう》のビーフシチューランチで人心地がついたところでネモフィラを見に行く。約四五〇万本のネモフィラが絨毯《じゅうたん》のように丘を埋めつくしていた。

「わぁっ、綺麗……！」

　地上を覆うネモフィラの青と、晴れ渡る空の青が溶け合うような、美しい光景がどこまでも広がっている。有名な人気スポットゆえ人出も多いが、何しろ広いので混雑はそれほど気にならなかった。

並んでそぞろ歩きながら、遠流は愛用の一眼レフで写真を撮っている。車を持ってきてもらうついでにカメラも頼んだのだ。

風景写真が趣味だという遠流は熱心にネモフィラ畑の光景を撮っていたが、時折祢々にもカメラを向けた。真正面から撮られてはいないが、人には絶対見せないでと念を押しておく。

園内のカフェなどで休憩しながらのんびりと散策を楽しみ、記念にここでしか買えないネモフィラ色のご当地ベアを購入。自分で買おうとすると、さっと遠流が払ってしまった。礼を言って、ここは素直にもらっておく。

夕方まで青い絶景を満喫し、ふたたび車に乗る。夜になって都内に帰り着き、レストランで食事をした。その頃には意地っ張りな気持ちもだいぶほぐれていた。いつのまにか『デート』を楽しんでいる自分に気付いてちょっときまり悪くなったものの、にこにこと上機嫌な遠流を見ればまぁいいかと思えてくる。

自宅まで車で送ってもらい、その日は別れた。お風呂に浸かりながらぼんやりと遠流の顔を思い浮かべ、赤くなって顎まで湯に沈む。

（……どうしよう、好きになっちゃいそう）

交際を申し込まれているのだから困ることはないのに、どういうわけか今ひとつ祢々は踏ん切りがつかないのだった。

第六章　御曹司副社長の密かな企み

週明け、祢々はいつもどおりかっちりした夜会巻きにライトグレーのパンツスーツ、控えめジャボ付き白ブラウスに歩きやすいミッドヒールのパンプスという仕事スタイルで出社した。

まずは秘書課で全体ミーティング。今週の予定をざっくり見直し、個人秘書が担当する役員たちのスケジュールを確認する。

最も予定が詰まっているのは、あいかわらず東雲専務だ。社長は主に外国人向けアクティビティの監修。非公開の某禅寺《ぜんでら》で座禅体験や庭園見学を許可してもらうため、趣味のコネクションをフル活用しているところ。

副社長である遠流のスケジュールは空きが多く、専務の仕事を一部分担している。彼の社内での位置づけがどうにもはっきりせず、役員も社員も未《いま》だとまどいが消えていないのだが、先日上げた祢々の提案が通ってグループ会社在籍の社内弁護士の研修を担当することになった。

ミーティングが終わると副社長室へ行き、週末に届いたぶんの郵便物の整理をする。

（招待状の類が増えてきたわね）

おかしなものが入ってないか、念のためすべて開封して確認し、明らかに一斉送付のダイレクトメールは処分して、残りを副社長のデスクに乗せておく。

壁の時計をちらっと見て、全自動のコーヒーマシンに豆とミネラルウォーターをセットして自分の机に戻ると同時にドアが開き、朗らかに遠流が入ってきた。

「おっはよー、祢々さん！　今日もいい天気だねぇ」

「おはようございます、副社長。本日の降水確率は午前中二十パーセント、午後から三十パーセント。晴れときどき曇り、最高気温は二十四℃の予報です。少し汗ばむ陽気かもしれませんので、移動に余裕を持たせてスケジュールを調整しました」

よどみなく応じると、遠流は半眼になってじーっと祢々を見た。

「どうして俺の贈った服、着てないの？」

「仕事はスーツと決めておりますので。昨日も申し上げましたが、勝手に送り付けられても困ります」

昨日の日曜日。祢々が自宅でのんびりまったりごろごろ過ごしていると、頼んだ覚えのない宅配便が届いた。差出人は某老舗デパート。いやぁな予感におののきつつ開けてみれば、買った覚えもないワンピースが三着、ていねいに梱包《こんぽう》されて入っていた。

うち二着は略礼装《インフォーマル》にもなりそうなシックなもの。もう一着はレースを多用した華やかなカクテルドレスだ。

買った覚えはないが見た覚えならあった。一着は、遠流と一緒にパーティー用のカクテルドレスを選んだとき、どちらか迷ってやめたもの。あとの二着は、ついでにこれもどう？　と勧められて断固遠慮したものだ。

困惑した祢々は仕方なく遠流に電話した。

仕事用のスマホは会社からの支給品なので、迷った末にプライベートのものを使う。遠流の番号は仕事用のものしか知らず、祢々のプライベートの番号は教えていない。

呼出音が数回鳴ると応答があった。もしもし、と言っただけで嬉しそうに『あっ、祢々さん⁉』と叫ばれ、祢々はスマホを掴んだままぎゅうぅと眉間を摘まんだのだった。

「気に入らなければ捨てていいよ。頼まれもしないのに俺が勝手に贈ったわけだし」

「そんなもったいない！　いくら裕福でも無駄遣いは慎しむべきです、副社長」

「祢々さんが捨てなければ無駄遣いにはならない」

ぐっと詰まる祢々を、遠流は涼しげな笑顔で見やる。

「仕事で着られないならデートのときに着てくればいい。絶対素敵だよ。想像しただけで惚れ直しちゃうな」

目をキラキラさせる遠流に、げんなりと祢々は肩を落とした。どんどんと外堀を埋められていく気がする。

「……とにかく、わたしの知らないところで勝手に私物を購入するのはやめてください」

「そうだね、好みもあるし。今回は、祢々さんが試着したのを見て、似合ってる～！　ってときめいたものだけだから勘弁してよ」

ときめくって……。

ますます脱力しつつ、祢々はしぶしぶ頷いたのだった。


「――先輩、何かいいことありました？」

社食で昼食を取っていた祢々は、前振りもなくいきなり問われて困惑した。対面に座っているのは元秘書課、今総務課の入江山吹だ。つるむのが苦手で女子社員受けのあまりよくない祢々に、なぜかやたらと懐いている。

「なんで？　いいことなんて別に何も」

むしろ、思いも寄らぬ遠流の猛アタックにたじたじで、困り果てているのだが……。

つい、気圧されてセフレ承諾なんかしてしまったし。正気になってよく考えれば、どうしてそんなことになってしまったのか不可解すぎる。パニクって頭がどうかしていたに違いない。

(それもこれも、副社長が超のつくイケメンのくせにわけわかんない変態だからよ！)

変態は言い過ぎかもしれないが、とにかく一筋縄でいかない人物なのは間違いない。

高収入高学歴のイケメン御曹司。すらりと背も高いがけっして高慢ではなく、人当たりはソフトで気さく。仕事も――たぶん――できる。少なくとも日米の弁護士資格を持っていて親会社の法務部にいたのだから、確実に頭はよい、はず！

黙って立っているだけで砂糖にたかる蟻のごとく女性が群がってくるのに、何を好きこのんで祢々のような、仕事はできても愛想を振りまくのが苦手な女を追いかけ回すのか。

顔の造作そのものはよくても、無表情なので中高生の頃は『能面女《のうめんおんな》』呼ばわりされていた。大学で友絵と知り合って仲良くなり、だいぶ表情がほぐれたが、その友絵に彼氏を盗られるというまさかの展開。友情とともに笑顔も消えた。

ちくりと胸に走った痛みをごまかすように、祢々は焼きサバ定食の味噌汁《みそしる》を啜《すす》った。

社食とは思えぬほどのオシャレな造りとはいえ、和定食だってちゃんとあるのだ。しかも安くて美味しい。東雲グループは同族経営企業だが、一般社員の福利厚生の良さには定評があって就活生の人気も高い。

（友絵のおかげで彼氏ができたようなものだから、盗られても仕方なかった……のかもね！）

新婚早々揉めてるようだが、知ったことではない。別に友絵の紹介で付き合い始めたわけでもなし。友絵が勝手に辰馬に横恋慕して、誘惑して寝取って妊娠したと嘘ついて結婚したのだ。

今となっては辰馬のどこがそんなによかったのか、自分でもさっぱりわからない。たぶん、初めてできた彼氏だったので、あばたもえくぼ式に目が曇っていたのだろう。冷静に考えれば、さほど相性はよくなかったのだ。最初から。

「そうですかぁ？　なんか先輩、いつも以上にキラッキラしてますよ！」

「あのね、入江ちゃん。わたしがキラキラして見えるのはあなただけだと思うわよ」

「そんなことありません！　世の中、目の曇ったヤカラが多いんですよっ」

入江も相当だと思うが、まぁ、人のことは言えない。

「ズバリ、キラキラの出どころは副社長ですね⁉」

思わず味噌汁にむせそうになる。

「ぐ、ごほ……。な、何をいきなり」

「だって、副社長付きになってから、先輩、毎日イキイキしてるじゃないですかっ」

イキイキじゃなくてイライラしてたんですけど⁉

「やっぱり、副社長をビシビシ扱いてるおかげですね！」

「は？」

目をぱちくりさせると入江は声をひそめた。

「大声じゃ言えませんけど副社長って、どうも頼りなくないですかぁ？　頭はよさそうだけど、要するにお坊っちゃまなわけでしょう？　きっと親の敷いたレールに乗っかって、そつなく疑問もなく今まで来ちゃった人ですよ。三十過ぎまでアメリカでブラブラ遊んでたくらいだし」

「遊んでたわけじゃ……」

ない、とは思うけど、ろくに会社には行かなかったと言ってたっけ。副業で稼いでた……とか。副業がなんなのか、教えてくれなかったが――。

ハッ、と思い付いて祢々は青ざめた。

(も、もしかして、プロのギャンブラーだったりして⁉)

カジノで稼いでいたのかも⁉　カジノは結局胴元が儲《もう》かるようにできていると言うけど、出入り禁止を食らうような凄腕《すごうで》ギャンブラーだって稀《まれ》にはいるだろうし……。

やっぱりカジノに詳しいのを見込まれて、統合型リゾート《IR》参入のために副社長のポストについたのかも……⁉

華麗な指さばきでカードを切ったり並べたりする遠流の姿を埒もなく妄想していると、入江が鼻息荒く力説を始めて祢々は我に返った。

「だからー、いきなり副社長なんて役職につかされて、困り果てて先輩に泣きついたってわけですよ！　なんたって先輩は万能秘書ですから！　ボンボン副社長を手玉にとる――じゃなくて掌で転がすくらい、お手のものですよねっ」

言い直した意味ある……⁉　と祢々は顔を引き攣らせた。玉とか転がすとか言われたせいか、今度はルーレット妄想が浮かんだ。ただし嬉しそうに笑顔で回っている玉が遠流で、無表情な祢々がディーラー。

――じゃなく！

「わ、わたしはただの秘書でね……っ」

「わかってます。陰からひそかに副社長を操って、専務と戦っているのですよね！　大丈夫、誰にも言いません」

どうしてそうなるのよ⁉　と頭を抱えたくなったところで思い出した。入江はスパイものが大好きだった――。

「なんで専務と戦う必要があるの」

妄想とわかっていながら、つい尋ねてしまう。

「だってこの会社、ほとんど専務に牛耳《ぎゅうじ》られているじゃないですかぁ」

「牛耳るなんてひどいわ。専務は仕事ができるし、社長が、その、アレだから、率先して業務を行なっているだけよ。我が社の業績が安定しているのは専務のおかげなのよ」

「安定してるなんて、裏を返せば伸び悩んでるってわけでしょ？」

ずけずけと入江は言った。なかなか鋭い子だ。

「それに、専務は婿養子で奥さんはすでに亡くなってるから、正確には東雲一族とは言えないと思うんですよ」

「別にいいじゃない。一族じゃなくたって東雲グループの発展に貢献してるんだから」

「でも、やっぱり会長としては心配なのではないでしょうか。それで、直系の御曹司を社長に据《す》えようとアメリカから呼び戻したんですよ。いずれ社長が引退したときに、副社長を次の社長に据えるつもりで。もしかしたら、すでに引退話が出てるのかも」

「出てないと思うけど……」

　入江は聞く耳持たず、ますます意気軒昂に熱弁をふるった。

「しかし専務にはぽっと出の御曹司副社長なんかに社長の座を譲る気はさらさらないわけですよ！　そこで専務付き秘書として辣腕を振るっていた先輩を権柄《けんぺい》ずくに引き抜いたんです。まっ、万能秘書としては、すでに完成し尽くした専務のスケジュール管理を淡々とこなすより、未完成で伸びしろ無限大の御曹司をビシビシ躾けるほうがやりがいあっていいですよね！」

「入江ちゃん……。秘書は黒幕《フィクサー》じゃないのよ。映画の見すぎじゃないの」

　彼女が秘書課にいたとき、何か間違った刷り込みでもしてしまったのだろうか。

「いいえっ、絶対に副社長は先輩に服従しています」

「ふ、服従⁉」

「そうです、伏せ体勢でお目目キラキラ尻尾ブンブンですよ！　次の指示を今か今かと待ち構えています！　せっかく血統書付きの優良犬を手に入れたんだから、活用しない手はありません！　先輩、ぜひとも陰の実力者として我が社に君臨してくださーい！」

「絶っっ対、しないからっ」

　確かに毛並みのいい大型犬みたいだな、とは思ったけど……！

　結局、休み時間の残りを使い切っても入江の妄想を晴らすことはできなかった。

「はぁ、疲れた……」

祢々は玄関で乱暴に靴を脱ぐと、ソファに直行してドサッと倒れ伏した。

午後からは遠流が担当する研修のための資料作りで忙しかった。レジュメをまとめたり、プレゼンテーションソフトでスライドを作ったり、それを遠流に確認してもらったり。

しかし、疲れたのは仕事が原因ではなく、入江との遣《や》り取りによる精神的ダメージの影響だ。スパイ映画と陰謀論が大好物の入江には何を言っても通じない。どう説明しようと自分の思い込みに沿う形でしか理解してもらえないのだ。

「……わたしに懐いてくるのって、変な人ばっかり……」

はぁぁぁ――。

もう溜息しか出ない。

遠流はもとより入江も実はかなり危ない人物だったりするのかも。ああ見えて有名私大を優秀な成績で卒業し、一流企業数社から内定を勝ち得た逸材。端から見ればバリバリのキャリアウーマンなのに、もはや祢々には妄想女子としか思えなくなっていた。

真に病的な妄想ではなく、好みの筋立てを空想して楽しんでいるだけなのだろうけど……。

妄想ネタにされている祢々としては頭が痛いが、内心の自由は日本国憲法で保証されていることでもあるからどうしようもない。

さらに頭の痛いことに、遠流が入江の妄想を聞いたら腹を立てるどころか大受けして爆笑するに違いないという確信がある。よって絶対に言わない。

「……ごはん作るの面倒くさいなぁ」

ソファでうーんと伸びをして、不景気な溜息をつく。せめてスーツくらい脱がなきゃ。しわになっちゃう。

と、身を起こしたところで電話の着信音が鳴り出した。

この音はプライベート用のスマホだ。床に置いたバッグを探り、掴みだしたスマホの画面を見て祢々はドキッとした。

表示された名前は『トオル』。プライベートのほうにかけてくるということは、仕事ではない。その辺はきっちりわけるよう申し入れてある。

(どうして狙い澄ましたみたいにかけてくるのよ⁉)

「ハイ?」

動揺でつっけんどんな口調になってしまったが、遠流は心底嬉しそうに切り出した。

『祢々さん、お疲れー!』

目をキラキラさせ、尻尾をブンブン振り回す大型犬のイメージを慌てて叩き落とす。まったく、入江が余計なこと言うから!

「……お疲れさまです」

『もう、仕事じゃないんだからさー。いま何してたの？』

「ソファに転がってた」

『気が合うなぁ。俺もソファに転がってるとこ。祢々さんと一緒に転がりたいよ～』

値段は十倍以上違いそうだけど。祢々のソファは量販店で買った合成皮革。遠流の家にあるのは本革張りの重厚なものだろう。イギリス貴族とかが使っていそうな。

『ところで、ごはん食べた？』

「まだ」

『一緒に食べようよ』

「え……」

今から出かけるの面倒だなぁと逡巡《しゅんじゅん》していると、気軽く遠流が言い出した。

『よかったら作ってあげる。そっち行っていい？』

「料理できるの⁉」

『和洋中、ひととおりはできるよー。何がいい？』

なんでもかんでもハイスペックすぎませんか……。

「…………酢豚《すぶた》？」

『OK、疲れたときにはぴったりだね！　買い物してすぐに行くから待ってて！　空腹に耐えかねてお菓子とか食べちゃだめだよ』

嬉々《きき》として叫ぶと電話は切れた。祢々は元に戻ったスマホ画面をぽかんと眺めた。

「すぐと言われても……」

ともかく着替えようとスーツを脱いでハンガーにかけ、ふと思う。何を着ればいいかしら。

ふだんは帰宅すると、簡単な料理を大体済ませてからシャワーを浴び、パジャマに着替えてTVを見ながら夕飯という流れだ。

パジャマで出迎えるのはなんかイヤ。期待していると思われそうだし。いくらセフレから始めようと言われたって、それにハマりたくはない。

(今日はしないから！　ごはん食べるだけ)

無駄に刺激しないよう、できるだけ色気のない部屋着を選び、シャワーだけは来客への配慮として浴びておくことにする。

そんなに早くは着かないだろうと思いつつもそわそわとシャワーを済ませ、マキシ丈の紺色のフーディーワンピースを着て、スッピンは恥ずかしいので薄化粧もした。

電話から一時間も経たないうちにインターフォンが鳴った。ドアスコープで確認してから開けると、大きな買い物袋を両手に提げた遠流がニコニコと立っていた。

「お待たせ。お腹減ったよね、もうちょっと待てる？」

「……うん。どうぞ」

「おじゃましまーす」

遠流はブラックデニムにスニーカー、ブルゾンというカジュアルな格好だった。スーツやジャケット姿のときとはまた異なる魅力にドキドキしてしまう自分を牽制《けんせい》するように、イケメンは結局何を着たって似合っちゃうのよね……と殊更に醒めた寸評を内心で加える。

「さすが祢々さん、きれいにしてるねぇ」

「まぁ、ね」

感心したように言われ、祢々はうっすら顔を赤らめた。単に散らかってるとお掃除ロボが動けないので、できるだけものを少なくし、床に置かないようにしているだけだったりする。そのおかげで、いきなり彼氏が来ることになっても慌てないで済んだけど。

（や、彼氏じゃなくてトモダチ。若干特殊なだけの、トモダチよっ）

祢々の暮らす賃貸マンションは築十年ほどの１ＬＤＫ。一人暮らしには充分だと思っていたが、上背のある遠流が動き回っていると、見慣れないせいか妙に狭く感じられてなんだか申し訳ない気分になる。

食材を取り出して並べると、彼は赤ワインのボトルを手ににっこりした。

「できるまでワインでも飲んで待ってて」

「い、いいわよ、空腹で飲んだら酔っちゃうし……じゃなくて、わたし禁酒中なの！」

「そろそろ解禁したら？　家飲みなら安心だろう？」

「全然安心じゃないわよ！　またそういう魂胆――」

「下心はいつでも満載《まんさい》だけどね。祢々さんが嫌がることは絶対しないから」

まじめくさった顔で遠流は宣誓《せんせい》ポーズを取る。

「……その点は、信用してる」

「よかった。あ、その気になったら俺はいつでもウェルカムだよ」

「酢豚作ってくれるんじゃないの⁉」

「はーい、ちょっと待っててね。急いで作るから。キッチンにあるもの、借りていい？」

「なんでもどうぞご自由に。といっても、たいしたものはないわよ。わたし、あんまり料理は得意じゃないの」

「ごはんはある？　炊かないとだめかな？」

「冷凍したのが残ってたと思うけど……」

冷凍庫を探り、一膳ずつ平たくラップに包んでフリーザーバッグに入れた冷凍ごはんを取り出すと、遠流は満足そうに頷いた。

「いいね。こうしてあれば解凍して美味しく食べられる」

「TVで見ただけよ」

そっけなく答えると遠流は含み笑った。

「照れちゃって。祢々さん、かわいいなぁ」

「かっ、かわいくないわよ！　それより早くして！　待ってるあいだにお腹空いたわ。美味しくなかったら許さないからっ」

「任せなさーい」

フフフと不敵に笑って腕まくりをすると、遠流は料理に取りかかった。一方祢々は、不機嫌そうにテーブルに肘を付きながら、内心では激しく床をローリングしていた。

（あああ、またかわいくない発言を……！　これじゃ本当にツンデレ女王様になっちゃうっ）

もう飲んじゃおうかな⁉　とテーブルに置かれたワインボトルをジト目で見ていると、キッチンからのんびりした声が聞こえた。

「祢々さーん。サラダ油全部使っちゃってもいい？」

「え？　あ、うん、どうぞ」

そういえば酢豚は肉をまず揚げるのだった。心配になって祢々は遠流に歩み寄った。

「足りる？　あんまり残ってなかったと思うけど」

「ん、全部使えば大丈夫」

見ればいつのまにか食材はきれいにカットされ、一口大の豚肉には塩コショウして片栗粉《かたくりこ》がまぶされている。

手際がいいなぁと祢々は感心した。執事に料理を作らせていると言うから、本当にできるのかと怪しんでいたのに、これじゃ自分より遥かにレベルが高いではないか。

（あああ、これ絶対美味しいやつ……）

しゅわしゅわと音をたてて揚がっていく豚肉を見ながら溜息をつくと、「ん？」と遠流が首を傾げた。彼は祢々のエプロン（フリル付き）を腰に巻き、菜箸《さいばし》を手にしている。ごつめの時計と、小指側の手首の茎状《けいじょう》突起に男らしい色香を感じてしまって祢々はうろたえた。

「どうしたの？　お腹空きすぎて倒れそう？」

「と、遠流がスパダリすぎて、眩暈がする……」

「フフ。惚れてくれる？」

「……酢豚の出来次第？」

ハハハッと笑い声を上げ、遠流は祢々の頭をぽんぽん撫でた。

「それじゃ、なんとしても美味しく作らないといけないな」

「何か手伝うことない？　ごはん、あっためようか」

「まだいいよ。そうだな、お皿出してくれる？　大きいのと取り皿、ごはん茶碗とか」

頷いて食器を調理台に並べ、後はテーブルに戻って、てきぱきと料理をする遠流をくすぐったい心持ちで眺めた。

（そういえば左手で菜箸持ってる。もともと左利きなのかしら）

サインするときなど、ペンは右手で持っているが。

「祢々さーん。酢豚にパイナップル入れていい？　いやならデザートにするけど」

「ううん、入ってたほうが好き」

酢豚には断然パイナップル派の祢々である。

やがて、甘酢のいい匂いが漂ってきた。

「お待たせー。パイナップル入り、黒酢《くろず》の酢豚だよ」

「美味しそう！」

お世辞でなく祢々は歓声を上げた。いつのまにか冷凍ごはんも解凍され、ごはん茶碗にふんわり盛られている。一分ほどラップのまま電子レンジにかけて茶碗に移してほぐし、ラップをかけ直して二分ほど温めるのがコツだとか。

感心すると、学生の頃は自炊してたからね、とこともなげに答えた。

酢豚は悔しいくらい美味しかった。甘酸っぱいあんが絡んだ豚肉は、衣がサクッとして、中身はやわらかい。素揚げにしたピーマンやたまねぎ、パプリカ、そして、火を通しすぎないよう最後にさっと和《あ》えた生パイナップル。

甘さと酸っぱさのバランスが絶妙だ。付け合わせに出されたごま豆腐は市販品だそうだが、ねっとりとした食感とごまの風味がとても美味しかった。ごはんもひと手間かけただけでいつもと全然違う。

なんだか恥ずかしくなって、祢々は箸にそっと歯を立てた。

「どうしたの、祢々さん。気に入らなかった？」

「……気に入りすぎて困ってる」

「よし！　だいぶ点数稼いだぞ」

無邪気にガッツポーズをする遠流の姿に、ふと胸がつかえて祢々はコトリと箸を置いた。

「遠流は――」

「ん？」

「――やっぱりわたしには、もったいないわ」

遠流はぽかんと見返したかと思うと、まじめくさった顔で答えた。

「もったいないなら大事にしてよ」

今度は祢々がぽかんとし、ふたりして噴き出す。遠流は手を伸ばし、涙の浮かんだ祢々の眦《まなじり》をそっとぬぐった。

「俺、祢々さんを大事にするよ。毎日とはいかなくても、好きなもの作るからさ。またこうして一緒に食べようよ」

そうできたら、どんなにいいだろう。

でも……と、どうしても祢々は怯んでしまう。遠流はあまりに完璧だから――ちょっと変だけど――もっとふさわしい人がいるはずだと考えてしまう。

彼のような超絶イケメンは浮気も心配だ。元カレの浮気で破局して以来、ちょっと顔のいい男性は、機会さえあれば浮気するものだという思い込みに囚われてしまった。極端な決めつけだと理性ではわかっていても、感情的になかなか納得できない。

「ごめんなさい。遠流を疑ってるわけじゃないの」

「いいんだよ。ちゃんと知り合ってからまだ一月も経ってない。全面的に信用できなくて当然だ。俺はむしろ、祢々さんのそういう慎重なところが好ましいと思っている。箍が外れると危ないところは心配だけど」

「滅多《めった》に外さないからっ」

「うん。両方の祢々さんを知って、ますます好きになった。危ないところは守ってあげたいし、好ましいところは独占したい」

「……わたし、かわいげないし、愛想もないわよ」

「祢々さんはかわいいし、他の男を喜ばせるような愛想なんてなくていい。いや、ないほうがいいな。あったら困る。祢々さんのかわいさは俺だけが知ってればいいことだ。むしろ他の男に知られたくない」

テーブル越しに両手を握りしめ、真顔で言われて祢々は顔を引き攣らせた。

(だから、こういうところが変だと思うのよ……っ)

そんな変なところにも以前ほどおののかなくなった。慣れたのか、ほだされたのか。果たしてそれはいいことなのか……。

「そろそろデザートに行こうか」

「ん、コーヒー淹《い》れる」

テーブルの上を片づけると、遠流は冷蔵庫からケーキを出してきた。

「苺《いちご》のタルト、キウイとマスカルポーネのタルト、レアチーズケーキ。どれがいい？」

どれも美味しそうで迷う。悩みに悩んだ末に苺のタルトにした。遠流はレアチーズケーキを選び、キウイのタルトは明日食べなよ、と言って冷蔵庫に箱をしまった。

大粒の苺がぎっしり乗ったタルトを上機嫌に平らげ、コーヒーを一口飲んで祢々は満足の溜息をついた。

「ごちそうさま。すごく美味しかった」

「よかった」

にっこりして遠流もコーヒーを飲む。ゆったりとくつろいだ彼の姿に、ふと頬を染めた。

（悪くない……かも？　こういうの……）

視線に気付いた遠流が蕩けるような笑みを浮かべる。祢々はうろたえて目を泳がせながらコーヒーを飲んだ。その間も遠流はニコニコと祢々を眺めている。

くすぐったいけれど不快ではない。でもやっぱり気恥ずかしくて、ついうつむいてしまう。

「──さて、片づけちゃおうか」

「あ。待って、わたしがする」

「え、いいよ」

「作ってもらったんだもの、洗い物くらいは。遠流は休んでて」

「そう？　じゃ、お言葉に甘えて」

ケーキ皿とコーヒーカップを下げる。シンクには思ったほどの洗い物はなく、水切りカゴにすでにきれいになった調理道具やお皿が干されていた。調理中やコーヒーができるのを待つ間に片づけていたようだ。

（手際のよさは仕事に限らないわけね）

祢々は仕事上の段取りを付けるのは得意だが、家では段取りや効率について考えることはほとんどなく、ダラダラしがちだ。

「祢々さん、ここに出てる本とか……見てもいい？」

「いいわよ」

何出してたっけ？　ああ、そうそう。好きな写真家の作品集を眺めてたっけ。遠流は写真が趣味だから、興味あるのかも。

洗い物を済ませてリビングへ行くと、ソファにもたれて遠流が大判の写真集を眺めていた。脚、長いな……と改めて感心しながら、ちょっと間を開けて腰を下ろすと、座り直した遠流が身を寄せながら尋ねた。

「祢々さん、こういう写真が好きなの？」

「去年、たまたま銀座のギャラリーでその人の個展を見て……ＳＮＳでフォローするようになったの。写真集も買って。それは二冊目の、かな？　先月出たばかり」

幻想的な風景写真が得意な写真家だが、プロのカメラマンではないようだ。ＳＮＳに投稿していた写真が美しく詩的で、物語性を感じさせる……と人気が出て、個展や写真集の出版に繋がった。

名前は未だにハンドルネームのままで、顔も出さない。プロフィールはほとんど空白。投稿写真に添えられる文章はごく短く、ハッシュタグを含めすべて英語だ。どこの国の人なのかも定かではないが、個展が開かれたのはニューヨークと東京だけなので、二都市を行き来しているアメリカ人か、日本人なのかもしれない。

写真集のページをめくる遠流の横顔を、ドキドキしながら盗み見る。

（ち、近いんですけど……！）

距離を取ったつもりがあっというまに詰められ、ほとんど密着状態だ。

「うーん……。なんか物足りないなぁ」

「そう？　わたしは好きだけど」

「祢々さんがいないとつまんないよ」

呆れて祢々は遠流を睨んだ。

「わたしなんかが写ってたら、この独特の雰囲気が台無しじゃないの。出来の悪い心霊写真みたいだわ」

「そんなことないって！　俺、祢々さんを入れてもっとうまく撮れる自信あるぞ」

「自信じゃなくて過信でしょ」

「きっついなー」

苦笑され、狼狽《ろうばい》を隠すようにぷいと顔をそむける。

「……ごめん」

ぶっきらぼうに詫びるなり抱き寄せられて祢々は息を詰めた。誘惑するような甘い声音で遠流は囁いた。

「俺、世界で一番祢々さんを綺麗に撮ってあげられるよ？　なぜって、世界で一番祢々さんを好きなのは俺だからね」

カァッと赤面して祢々はもがいた。

「だ、だから自信過剰だって言ってるの！」

「俺以上に祢々さんを好きな男なんているもんか。俺、祢々さんの幸せを守るためならなんでもする。もしも祢々さんが、こうされるのが本気でいやだって言うなら——やめる。正直、死ぬほどつらいけど！」

「……べ、別に、いやなわけじゃ……」

「ほんと？　いやじゃない？」

「ちょ、調子に乗らなければねっ」

（——ああ、また……！）

どうしてこう、素直に甘えられないんだろう――。

甘え下手なのは昔からなんとなく自覚があった。長女だからだろうか。

「祢々さんって本当かわいいよなぁ」

しみじみと呟かれ、彼の胸に鼻を押しつける格好で祢々はますます赤くなった。もはや、どこがかわいいのよ⁉　と噛みつく気力もない。そんな祢々の背中を愛おしそうに撫でながら、遠流はすりすりと頬をすり寄せた。

「大好きだよ、祢々さん。愛してる」

まるで濡れた若葉の先端からぽとりと雫《しずく》が落ちるみたいに。ごく自然に囁いて彼は祢々を抱きしめた。なのに祢々の手は空中で固まって、彼の背に着地できない。

いつまでもぐるぐると上空を旋回する飛行機みたいに。そのうち燃料切れになって、あらぬ場所に墜落するんだわ……。

落涙《らくるい》してしまいそうで、ぎゅっと唇を引き結ぶ。そんな祢々の背を、遠流がそっと撫でた。

「大丈夫だよ、俺は待ってるから」

「………うん」

漸《ようよ》う頷いて、祢々はおずおずと彼にもたれた。

遠流と一緒だと安心できる。何もしなくても、できなくても。いちいち機嫌を取ったりしなくても。けっして見捨てられたりしない。そういう安堵《あんど》感《かん》が、あたたかく胸を満たしてゆく。

（ああ、わたし。ずっと不安だったんだ）

そのことを、初めて素直に認められた。

そんな気がして――。

抱き合っていると、どこかで電話が鳴り出した。呼出音は自分のスマホではない。

「……遠流。電話、あなたのじゃない？」

「知るもんか。俺は今、祢々さんを抱きしめる幸せにどっぷり浸っていたいんだ」

電話は延々と鳴り続ける。留守電サービスには入っていないらしく、いつまでたっても呼出音が止まらない。

「あの、出たほうがいいのでは……？」

チッと舌打ちし、遠流はソファの足元に置いてあったクロスボディバッグからスマートフォンを掴みだした。画面を睨みつけ、無視できないと諦めたのか、しぶしぶ応答する。

「Hello……」

と英語で言ったとたん、凄《すさ》まじい怒声が祢々にまで聞こえてきた。遠流は思いっきり腕を伸ばして半眼でスマホを睨む。

しばらく機関銃のごとくスラングまじりの猛スピードの英語――祢々に聞き取れたところでは、『この野郎、何やってんだ⁉　さっさと出やがれ、こっちは忙しいんだぞ！』みたいな――が続き、いったん収まったかと思うと今度は不審そうな男の声がした。

『――オイ！　聞いてんのか、トオル？　Are you there?　Hello?　Hello?』

ハァ、と嘆息し、遠流はおもむろにスマホを耳に当てた。

やっと通常の音量で会話が始まる。やはり英語で、主に喋っているのは相手のほう。遠流は不機嫌そうに相槌《あいづち》を打ちつつ、ちらちらと祢々を気にして『後でかけ直すから』と何度も相手に言った。

「本当にかけ直すって！　いま彼女といいとこなんだよ。振られたらどうしてくれる⁉　おまえ責任とれんのかよ⁉」

ついには眉を吊り上げ凄み出した。かなり親しい間柄ではあるらしい。

（アメリカの友だちかしら……）

「だから十分後にかけ直すって！　ああ、本当だよ」

やっと通話を切り、祢々に向き直って遠流は盛大に眉尻を垂れた。

「ごめんよ、祢々さん。また無粋な邪魔が入っちゃって……」

「あの、聞かれちゃまずいような話なら、わたしトイレにでも行ってるけど……？」

「う～ん、ちょっと込み入った話でねぇ。残念だけど今日はこれで帰るよ。本当ごめん」

遠流は大きく嘆息して立ち上がった。玄関まで送り、ふと気がついて尋ねる。

「そういえば、何で来たの？　車？」

「飲むつもりだったから、穂積に運転してもらった。近くのカフェで待ってるはずだ」

遠流が電話をかけるとすぐに応答があった。

「――ああ、俺。今、部屋を出るとこ。うん、帰るからすぐ来て。よろしく」

「何時間も待たせて、悪いことしちゃったわ……」

「仕事のうちだから気にすることないよ。彼もプロだからね」

彼はあっさり言って靴を履き、振り返って祢々をぎゅっとした。

「今度は邪魔が入らないようきっちり段取りしとくから。またデートして?」

甘えるような囁きに思わず頷いてしまう。遠流はにっこりして祢々にチュッとキスした。

「おやすみ」

「……おやすみなさい」

スチール扉が静かに閉まる。祢々は鍵とチェーンをかけながら、ひっそり顔を赤らめた。

最後に彼が触れた唇は、いつまでもほんのりと熱をおびていた。


それから祢々は、週に一、二度ひそかに遠流とデートするようになった。

彼の熱意に押され気味ではあるが、流されているわけではない――はず! 我ながら言い訳じみているとは思うけど……。

まずはセフレから……なんて、とんでもない提案をしておきながら、遠流はそれほどがっついては来なかった。

『俺はいつだって祢々さんとエッチしたいと思ってるんだよ？』

などとまじめくさった調子で言いながら、無理やり押し倒したりはせず、膝に載せて抱きしめたり、キスしたり、服の上から愛撫したり、イチャイチャするのを好んだ。

いちゃついているうちにその気にさせられて、結局は最後までしてしまうのだが……。

遠流は面倒がらずに前戯にたっぷりと時間をかけてくれる。挿入前に指や舌で何度も達《イ》かされて、いつもトロトロにされてしまう。そうして気付けば彼に跨《また》がって、自ら淫らに腰を振りたくっていたりする。

目をとろんとさせ、濡れた唇で喘ぎながら腰を上下させる祢々を、遠流は満足そうに見上げていた。ふるんふるんと揺れる乳房を掌で包み、いやらしく揉みしだきながら、彼はうっとりと囁いた。

「素敵だよ、祢々。ほら、もっと腰を振ってごらん。もっと気持ちよくなれるよ」

まるで催眠にかかったみたいに、言われるまま腰を蠢《うごめ》かす。濡れた粘膜がくちゅくちゅと淫らな水音を上げながら、固く怒張しきった太棹にまとわりついた。

「ん……。すごく上手になったね。俺も気持ちいいよ」

熱っぽい囁きに嬉しくなって、祢々は花筒を締めながら彼の屹立を無我夢中で扱いた。

「ぁ……。い……悦《い》ぃ……っ」

照明を絞った、仄昏《ほのぐら》いホテルのベッドルーム。

キングサイズのベッドの上で、祢々はすでに何度も絶頂を迎えている。頑《かたく》なだった祢々の心も身体も、手間を惜しまない遠流の巧みな愛撫にいつしか蕩け、素直に快楽を受け入れるようになった。

受け入れるだけでなく、自ら快感を求めるようにもなった。遠流の欲望に奉仕することも覚えた。ことが済んで正気に戻れば、やはり未だに恥ずかしくて死にそうになるけれど……。

「んッ、んッ、あ、ぁん、ひぁあッ……」

繋がった腰をぐいぐい突き上げられ、祢々は嬌声を上げて悶《もだ》えた。こうして深く繋がったまま激しく穿たれると、過敏になった媚蕾も一緒くたに刺激されて、愉悦の涙に曇る視界に火花が弾ける。

「あ、あ、あ――……ッ」

下腹部がきゅうきゅう痙攣し、またも絶頂に達してしまう。きれいに腹筋が浮きでた腹部に手をついてはぁはぁ喘いでいると、遠流が身を起こして唇をふさいだ。

「んぅ……っ」

抱き合いながら互いの舌を絡め、こすり合わせる。刺激された舌の付け根から唾液があふれ、それをじゅうっと吸われるとクラクラと眩暈がした。

「……そろそろ俺の、かたちは覚えた？」

「ん……」

頷いて腰を擦りつける。柔軟になった祢々の蜜襞は、遠流の雄茎を愛おしそうにぴったりと包み込んでいる。以前は苦行としか思えなかった行為が、今ではうっとりするほど甘美で心地よい。ずっとこうしていたいくらいに……。

「俺とのセックスは気持ちいい、ね？」

蕩けた顔でコクリと頷く。遠流はご褒美のように、祢々の大好きな甘いキスをくれた。

「好き？　俺とエッチするの」

「す、き……。遠流とのエッチ……気持ちぃ……」

「ふふ。かわいいよ、祢々。俺も祢々とエッチするの、気持ちよくてたまらない。最高だ」

ぐちゅん、と猛る熱杭で突き上げられ、目の前がチカチカする。

「……祢々は何度も達《イ》かないと素直になれないんだよね。そんなとこもかわいいよ」

「ぁッ、んん」

「クールな万能秘書が、俺に抱かれてトロトロに蕩けていくの……見てるとめちゃくちゃ昂奮する。……あは、昼間のキリッとした姿を思い出したらまた滾ってきた」

一段と太さと固さを増した怒張はもはや凶器のよう。だが、それが祢々にもたらすものは快楽と愉悦だけだ。

ごりごりと子宮口を突き上げられ、祢々は我を忘れて身悶え、甘い悦がり声を上げ続けた。

そして、ようやく遠流が欲望を解き放つ頃には、いつも感じすぎて息も絶え絶えになってしまうのだ。


遠流が東雲R&Vの副社長として着任して、早二か月が過ぎた。

（あっと言う間、ね……）

六月初旬。副社長室の自分のデスクから、雨に濡れる窓ガラスを眺めて祢々は吐息をついた。まだ梅雨入りは発表されていないが、そろそろかもしれない。

「壺井さん。書類、確認してサインしておいたよ」

いつのまにか奥のオフィスから出てきた遠流がにっこりと書類を差し出す。

「あ、すみません。ありがとうございます」

慌てて立ち上がり、書類を受け取る。

「どうかした？」

「いえ、なんでもありません」

ふふっと笑い、遠流はデスクを回り込むと祢々のうなじの後れ毛をそっと指で梳《す》いた。

「昨夜もすごくかわいかったよ」

「……っ！　そ、そういうのはやめてくださいと何度も！」

「ごめんごめん。祢々さんがあんまりかわいくてさ」

「壺井ですッ」

「はいはい、壺井さんはおっかないなぁ」

わざとらしく肩をすくめ、にやにやしながら遠流はオフィスへ戻っていった。

祢々のいる場所とはガラス壁で隔てられているが、彼は大抵ブラインドを開けっ放しにしている。デスクに戻った遠流は祢々に向かってヒラヒラと手を振り、パソコンを操作し始めた。

ぐしぐしと眉根を揉んで仕事に戻る。

遠流との交際は、まぁ順調だ。祢々としてはまだ『セフレ』段階だが、彼はそろそろ結婚を考えないかと事あるごとに言ってくる。

そのたびに、まだそういう気になれなくて……とはぐらかしているのだが、彼にはまったく焦る気配も諦める気配もない。

『セフレとしてのテクと料理の腕前を認めてもらえたんだから、百歩前進さ！』

と、あくまで自信満々に前向きである。

このまま攻めの一手で押し切られそうな勢いだ。以前はうっかり流されそうな自分に気付くたび叱咤《しった》していたが、最近ではそれもまぁいいかも……？　などと思い始めていたりする。

（――ダメダメ！　仕事中は余計なことを考えないの！）

祢々はブンブンかぶりを振り、猛然とパソコンのキーボードを叩き始めた。新規プロジェクトの参考資料をさっさと作ってしまわないと！

＊　＊　＊　＊　＊

祢々の後ろ姿をガラス越しに眺め、遠流は腹黒そうににんまりした。

ふたりが付き合っていることは、社内ではむろん内緒だ。社内恋愛が禁止されているわけではないが、祢々は仕事とプライベートをきっちりかっちりわけたがる。たとえふたりきりであっても、軽いボディタッチでさえアウト判定されてしまう。

遠流としては実際に触れたいという以上に、品よく薄化粧した端麗な面差しを紅潮させ、眉を吊り上げて抗議するさまがあまりにかわいいものだから、ついつい手を出したくなるのだ。

（端整な美人顔だから、ふだんの澄まし顔と赤面しながら怒るときのギャップがたまらない）

思わずくふふと含み笑った遠流は、ガラス越しに鋭い視線を感じ、慌てて背筋を伸ばした。

こちらを冷たく睨む祢々の背後にブリザードが吹《ふ》き荒《すさ》び、『仕　事　し　ろ』という字幕が浮かぶ幻影に背筋が凍る。

遠流は瞬時に『出来るエグゼクティブ』ふうの表情を顔に貼り付け、祢々の作成した資料集をしかつめらしく捲り始めた。

ちらと視線を上げると、祢々はふたたびこちらに背を向けてマシンガンのごとき高速タイピングに勤《いそ》しんでいる。

（腱鞘炎《けんしょうえん》にならなきゃいいけど……）

それにしてもこの資料、よくまとまってるな……と遠流は感心した。

万能秘書なる綽名は、折り合いのよくない同僚が厭味で付けたものだと彼女は主張しているが、贔屓目《ひいきめ》を差し引いてもその名に恥じぬ優秀な秘書だと思う。

スケジュール管理は完璧。資料も細かすぎず大雑把《おおざっぱ》すぎない絶妙な塩梅《あんばい》で、留意すべき点は的確に押さえてある。時に最新情報が手書きで添えられていることもあった。

急な変更や飛び込みのアポイントにも冷静にてきぱき対処してくれる。彼女に任せておけば安心だという専務の言葉に間違いはなかった。彼女が雑事をまとめて仕切ってくれるおかげで、自分は本来やるべき仕事に集中できる。

（義行伯父さんが渋ったのも頷けるよ）

専務付きの秘書だった祢々を強引に引き抜いたのは、表向きは会長の指示でも実際にはそうするように遠流が頼み込んだ。同じ会社に勤めるなら自分の秘書にしたかったし、彼女が専務側の人間と見做《みな》されないようにしておきたかった。

当初、専務が秘書の変更にいい顔をしなかったのを、遠流は内心疑わしく思っていた。自分が祢々に関心があるものだから、つい邪推《じゃすい》してしまったのだ。

アプローチには本来もっと時間をかけるつもりでいたのに、専務とデキてるという噂を小耳に挟んで焦って強引に押しまくってしまった。結局、噂は単なる噂というか、やっかみによるでっち上げと判明したが。

(ま、焦ったおかげで付き合えるようになったわけだしな)

まずはセフレから……なんて、我ながら噴飯《ふんぱん》ものの提案だったが、今さら清い交際からやり直す気などさらさらなかった。そんなまどろっこしいことしてられるか！

すでにお互い相手のことをほとんど知らない状況でコトに及んでしまっているのだ。だったらそっちを押し進めたほうがてっとり早い。なんたって身体の相性はバッチリだ。

どうやら祢々はこれまでセックスを楽しんだ経験がなかったようだ。彼女にとってそれはひたすら身を縮めて嵐が通りすぎるのを待つだけで、その点でも元カレには激しい憤りを覚える。

あの男の自分本位の行為や心ない罵倒のせいで、彼女は自分が不感症だと思い込み、苦しんでいたのだ。

どのようなかたちであれ、あの野郎にはいずれきっちり報復してやらねば。

(すでに天誅《てんちゅう》が下ったみたいなもんか。新婚早々揉めてるようだから)

妻のほうも祢々を深く傷つけた罪は重い。しかし彼女が祢々を裏切らなければバリ島での出会いもなかったわけで——。

祢々を愉《たの》しませ、幸福にすることが、奴らに対する一番の復讐《ふくしゅう》になるはずだ。

(世界でいちばん幸せな奥さんにするからね。俺の愛しい祢々さん……)

ぴしっと背を伸ばした祢々の後ろ姿を、遠流はうっとりと見つめた。

見つめられる祢々のほうは、何か危ない視線を感じるような……と冷汗をかいていた。

振り向いちゃダメ！　絶対！　と何度も自分に言い聞かせつつ、祢々は一心不乱にキーボードを叩き続けた。

＊　＊　＊　＊　＊

週末、祢々は遠流と都心のホテルで過ごした。

平日はいろいろと差し障りがあるので、デートは週末だけにしてもらいたいと申し入れたところ、だったらその代わりべったりくっついて過ごすよ！　と強硬に言い張られたのだ。

うちにおいで、との誘いを頑として断り、自宅にももう来ないでほしいと頼むと、『三歩進んで二歩下がるか〜』と嘆いた遠流は、週末はホテルに滞在しようと提案した。べったりくっついて過ごすにはそれしかないだろ⁉　と迫られては頷かざるを得ない。

バカ高い部屋にしないでよと釘を刺したのに、チェックインしてみればやっぱりクラブフロアだった。階も室料も高いじゃないのっ、と涙目で食ってかかっても、ここ別にバカ高くないよ？　とけろりと返される。

セレブ御曹司の金銭感覚なんて、しょせん根っから庶民の自分に窺い知れるものではなかった……。

（こんなことならうちに来てもらったほうがよかった？　それとも諦めて彼の家で好き勝手されたほうが……⁉　ああ、でも、それじゃ本当に『お付き合い』してるみたいだし……。ホテルで会うほうがセフレとしては『正しい』の⁉）

　ぐるぐるぐるぐる思い悩んではパニクる祢々を、遠流はにこにこと上機嫌に、愛おしそうに抱きしめては顔じゅうにキスの雨を降らせる。

「大丈夫。無理して見栄《みえ》張ってるわけじゃないから、安心して」

「わたしが安心できるのは、そういうのじゃなくて……っ」

「うん、こうだよね？」

　座り心地満点の巨大なソファに並んでぽすんと座り、遠流は祢々を抱き寄せた。背中をよしよしと撫でられ、ぎゅうっと抱擁される。

「………うん」

「俺はただ喜んでもらいたいだけ。祢々さんをギュッてして安心させてあげられるなら、場所なんてどこでもいいんだ。俺んちでも、祢々さんちでも。ホテルでも旅館でも、それこそ海でも山でもね」

「ご、ごめんなさい。わたし、わがまま言うつもりじゃ……」

「全然わがままじゃないよ。男は好きな女性の願いを叶えてナンボって、俺は思ってる。祢々さんの望みはなんでも叶えてあげたい。祢々さんが大好きなんだ」

もう叶ってる。欲しいものは全部、遠流が差し出してくれた。

優しく思いやりのある言葉。さりげない気遣い。あたたかな抱擁。甘いくちづけ。うっとりするような交歓。

惜しげもなく、あふれるほどに、彼は差し出してくれているのに。

素直に受け取れない自分が歯がゆくて、不甲斐《ふがい》なくて。

どうしてなんだろう……。

「大好きだよ、祢々さん」

わたしも……と答えそうになって、ふいに脳裏に浮かんだ光景にどっと冷汗が出た。

反射的に彼のジャケットを握りしめると、心配そうに顔を覗き込まれた。

「どうしたの?」

「い……いやなこと……思い出しちゃって……」

「何?」

答えられず、ふるふるとかぶりを振る。

「言ってみて」

「……笑わない?」

「笑ったりしないよ、絶対」

逡巡しつつ、祢々はおずおずと切り出した。

「昔……、男子に告白されたことがあったの」

「何⁉　いつ⁉　誰に⁉」

血相を変えて問い詰められ、祢々は目を白黒させた。

「ちゅ、中学生の頃よ。中三のとき……」

「なんだ、そんな昔か。ごめん、誰か横恋慕してるのかと。――で、そいつを振ったの？」

「振られたの」

ん？　と遠流が眉をひそめる。

「告白されたんじゃないの？」

「嘘だったの。ゲームよ。何かの罰ゲーム。能面女に告白しろって」

「能面女⁉」

「中高生の頃の綽名。いつも無表情だったから」

「失礼だな！　綺麗な祢々さんにも、世界に誇る芸術品である能面に対しても。――で、嘘の告白されて、振られたっていうのは……。あ」

「うん……わたし、その男子のことが実は好きだったの。たぶん初恋、かな。スポーツ万能で勉強もできるイケメン。親が資産家で豪邸住まい。つまりは王子様よね。アイドルみたいに、誰からも好かれて、みんなの憧れの的だった」

そう……いま目の前にいる遠流みたいに――。

遠くからひっそり憧れていた王子様に告白されて、嬉しくて舞い上がって。テレテレしながら『わ、わたしも、す……好き……』と答えた。

「その子はぽかんとしたわ。そしていきなりゲラゲラ笑いだした」

呆気に取られていると、隠れていた彼の仲間たちが、やはり爆笑しながら現われた。みんな笑っていた。さもおかしそうに、馬鹿にしきった顔で。

哄笑《こうしょう》の渦に巻き込まれ、眩暈がした。放課後の教室を飛び出し、無我夢中で家まで走って帰った。トイレで吐いて、自室に閉じ籠もって泣いた。

翌日、重い足どりで登校すると、クラスの全員が罰ゲームの顛末《てんまつ》を知っていた。クラスメートの大部分が爆笑し、『身の程知らず』と祢々を嘲《あざけ》った。数人の女子が憤慨して庇《かば》ってくれたが、祢々はさらに無表情に、無口になった。

「自分が馬鹿だったんだ……とは思ったけど、やっぱり悔しくて。どのみちスポーツでは敵《かな》わないから勉強がんばって、彼を抜いてやったの」

それから卒業まで祢々は学年一位をキープし、県内で最も偏差値の高い高校にトップの成績で入学した。やはりそこを狙っていた彼は、落ちた。

「ザマァミロ、って思った。……性格悪いでしょ、わたし」

「ふつうだよ！　全然性格悪くなんてない」

憤然と力説した遠流は、一転して切なげにふぅと嘆息した。

「俺が祢々さんを好きだっていうのも、なんかの罰ゲームって思ってるの？」

ふるりと祢々は首を振った。

「そんな中坊みたいなことするわけないって、頭ではわかってる。……だけど、遠流はあの男子よりもっとずっと凄い王子様だし」

「俺、平民」

「大企業の御曹司でしょ⁉　なんか似てるって思っちゃうのよ！　全然似てないけど顔はっ」

「うーん……。本当に俺、祢々さんが好きなんだけどなぁ」

困惑しきった顔で、遠流はガリガリと頭を掻く。

「わかってる。でも怖いの。好きだって言われて、わたしも好き……って返事したら――」

「笑わないって！　俺、本気だから！」

「うん……」

「もう、どうやったら信用してもらえるかなぁ」

「……ごめん、面倒くさい女で」

「謝っちゃダメだ。祢々さんは悪くない」

ふたたび遠流はぎゅっと祢々を抱きしめた。

「いいよ、俺、待つから。一度に百回『愛してる』って言うより、毎日『愛してる』って百日連続で言ったほうが信用できるよね？　いや、毎日百回『好き好き大好き超愛してる』って言ったほうがいいかな？」

「い、いいわよそんな言わなくても！　声が嗄《か》れちゃう……っていうか、それ何かのタイトルじゃ……⁉」

「声が嗄れるくらい言いたいんだよ！」

がしっと手を掴まれ、真剣に瞳を覗き込まれる。

「し、仕事に差し支えるので……や、やめていただけます……？」

「じゃあ毎日寝る前に電話する。あっ、でも俺寝るのけっこう遅めだから迷惑かな⁉　メッセージアプリのほうがいい？　スタンプとか」

「そ、そうね。スタンプならさほど手間もかからないだろうし」

「俺、祢々さんにはうーんと手間ひまかけたいんだけどなぁ。じゃあ、夜の十一時までに電話できたらするよ。祢々さん十一時頃寝るって言ってたよね？　それ過ぎたらそっとスタンプ送るから。どう？」

「うん……。いいわ」

「じゃあ、アプリのＩＤ教えて」

ニコニコとねだられ、ウッとなったが腹を括《くく》って教えた。これまでどんなに拝み倒されても電話番号しか明かさなかったので、『これじゃラブみが全然足りないよ！』と遠流はブーブー言っていた。

「やったー！　祢々さんの信用度ランクアップだ」

「調子に乗らないの！」

思わず眉を吊り上げると、遠流はうっとり頬を染めた。

「ああ、このツンデレ具合、ほんとたまらない……」

遠流の変態度も、祢々のなかで確実にアップした。

「……言っておくけど、仕事中にふざけたスタンプ送ったりしたら……怒るわよ」

「俺としては怒ってほしいんだけど——。わっ、嘘嘘、送らない！　絶対送りませんっ」

腕組みしてぷいっとそっぽを向く。遠流はそんな祢々の機嫌をしきりに取った。

「ごはん食べに行こう？　窓際の眺めのいい席を予約したんだ」

「……着替えてくるわ」

うっかりにやけてしまいそうになるのを必死に抑え、祢々は仕事着のスーツからワンピースに着替えた。

「あ！　俺が送ったワンピースだね。よく似合ってるよ」

嬉しそうに言って、遠流は祢々の首筋にチュッとキスした。彼は昼間のスーツのままで、ネクタイだけ少し華やかなものに替えていた。

部屋を出て、最上階のレストランへ。遠流は何度も来ているようで、礼儀正しくも親しげな笑みを浮かべたスタッフによって丁重に席へと案内される。

コースをオーダーして、グラスで取ったシャンパンで乾杯。先日の酢豚のときから全面禁酒は解除して、食事と一緒に楽しむ程度ならよしとすることにした。

週末の夜のレストランはほぼ満席だった。予約席も次々埋まっていく。そんななか、ふたりのテーブルからほど近い予約席に、男女の二人連れが案内されてきた。なんの気なしに店内を見回した女性は、祢々たちに気付いてハッと顔色を変えた。

「どうかしたの？　小松田さん」

連れの男性に訊かれ、女性は瞬時に取り澄ました微笑を浮かべた。

「なんでもないわ。素敵な店だと思って」

「そうだろう？　なかなか予約とれないんだよ、ここ」

得意げに自慢する連れに適当な相槌を打ちながら、女性——東雲R&Vの秘書課、社長付き秘書である小松田文美は、横目でじっとりと祢々を睨んでいた。


数日後。所用で社内の他部署を訪ねた帰り、祢々はふだんあまり通らない廊下を歩いていた。

（なんだか変な感じ……）

眉間に軽くしわを寄せる。話をした総務課社員の態度が、なんだかいつもと違った気がした。

よそよそしいというか、冷淡というか。

入江を別にすれば、祢々は同僚——とりわけ女子——受けはもともとあまりよろしくない。

そんなつもりは全然ないのに、どういうわけか『気取っている』とか『お高くとまっている』などと誤解されがちなのだ。よくても『取っ付きにくい』と思われる。

昔から団体行動や人とつるむのが苦手で、気付けば孤立してしまっていることも多かった。

特に親しくはなくても何度か遣り取りしている社員は、そこそこ和やかに接してくれていたのに、どういうわけか今日はまるで木で鼻をくくったような態度だった。

そこで傷ついた表情でも見せればまだかわいげがあるのだろうが、そういうとき祢々はいっそう無表情になってしまうから悪循環である。

こっそり入江に訊こうにも、彼女は席を外していた。

エレベーターに乗ろうとすれば、行き会った社員にもやはり変な目付きでじろじろ見られる。

横目で祢々を窺いながらひそひそ内緒話をする女子社員もいて、不安になった祢々は用事を思い出したふりをして踵《きびす》を返し、トイレに駆け込んだ。

さいわい誰もおらず、備え付けの鏡で念入りに点検する。別に髪や服装がおかしいわけでも、どこかに目立つシミがあるわけでもなく、背中に変な張り紙もされていない。

（なんなの一体？）

エレベーターに乗ったら居心地悪い思いをしそうなので、階段で戻ることにした。

（運動になっていいわ）

負け惜しみのように自分に言い聞かせ、端の階段へ向かう。上っていくと、上階から憤慨したような声が聞こえてきた。

「そうなんですよっ、ひどすぎません⁉　もうわたし――あっ、そうですね……」

ちょっと尖った、昂奮気味の女性の声だ。たしなめられでもしたのか、急に声が小さくなる。

祢々は半階下の踊り場で足を止めた。

（――入江……？）

先ほど不在だった、総務課の入江山吹の声のような……？

階段近くには自販機とベンチの置かれた休憩スペースがある。リースの観葉植物やパーテーションで目隠しされており、休憩や雑談の他、ちょっとした打ち合わせにも使われる。

すべてのフロアにあるわけではなく、総務課からだとここ、ひとつ上の階が一番近い。ちょうど入江は休憩中のようだ。妙な雰囲気について尋ねてみようかと思ったが、喋っているということは誰かと一緒なのだろう。

立ち聞きするつもりはないが、つい気になって耳を澄ませてしまう。喋っているのはわかっても、内容までは聞き取れなかった。ただ、相手は男性のようだ。

また後にしよう、とふたたび階段を上ろうとした瞬間、休憩スペースから階段室へ出てきた人物が見えて、祢々は慌てて陰に隠れた。その人物は祢々には気付かず階段を上っていく。その足音が遠くなるまで祢々はドキドキする胸を押さえて手すりに掴まっていた。

（副社長……⁉）

遠流は在社しているが、副社長室のある上階フロアから今いる階の間にはふたつほど休憩スペースが設けられている。わざわざここまで降りてくる必要はないし、そもそも副社長室には冷蔵庫もコーヒーメーカーも茶器もすべて揃《そろ》っているのだ。

冷たいものが飲みたければ冷蔵庫から勝手に取るし、コーヒーやお茶が飲みたいときは淹れてくれるよう祢々に頼む。

それに、遠流は昼食時に社食で社員とよく歓談しているが、基本的に社員の息抜きの場所である休憩スペースにまでは行かない。

いつまでも踊り場で手すりに縋《すが》っているわけにもいかず、意を決して階段を上ろうとすると、今度は上から駆け下りてきた人物とぶつかりそうになった。

「きゃっ、ごめんなさい！　――あれっ、先輩⁉」

天真爛漫《てんしんらんまん》に叫んだのはやはり入江だった。

「どうしたんですか？　エレベーターの点検は、今日じゃなかったはずだけど……」

「ちょ、ちょっと歩こうかと思って。――入江ちゃん、今、副社長と一緒だった？」

「へっ⁉　やっ、そんなこと、ないですよっ⁉」

入江はにわかに焦りだし、目をキョトキョトさせた。

おかしい。入江の場合、副社長と喋っていたなら嬉々として報告するはずだ。大多数の女子社員と違って、彼女は祢々と遠流で『女王様と犬』的な妄想を楽しんでいるのだから。

「……そう？　じゃあ、わたしの見間違いかしら」

「そうですよ！　天下の副社長サマがこんなとこ来るわけないじゃないですかぁ」

あひゃははは、と入江は裏返った笑い声を上げた。わざとかと呆れるほどのわかりやすい挙動不審だ。

「ところで入江ちゃん。今、総務課に行ったんだけど……なんだかみんな妙な顔つきでわたしを見てるような――」

「きっ、気のせいですよ！」

「そうかしら……。わたしどこか変じゃない？　正直に言って」

「どっこも変じゃありません！　先輩は今日も尊いです！　控え目に言って最高です」

勢い込んでこくこく頷く入江の様子を見るに、問い詰めても白状しない気がする。尊いとか最高とか、本当やめてほしいんだけど……。

「……そう。それじゃ」

「はいっ、お疲れさまです！」

入江はぺこりと九十度のお辞儀をして、またダダッと階段を駆け下りていった。ふぅと溜息をついて祢々が上りだすと、下から『せんぱーい』と呼ぶ声がした。手すり越しに見下ろすと、入江が真剣な顔で見上げていた。

「外野のたわごとなんてまじめに取り合っちゃダメですよ！　優秀な番犬がどうにかしてくれますから、信じて待つことです！」

「……は？」

「じゃっ」

入江は最後の数段を元気よく飛び下り、走って消えた。

「――番犬？」

まさか、遠流のこと……？　血統書付き優良犬、とかしたり顔で言ってたけど。

眉間をぐしぐし揉み、大きな溜息をついてふたたび階段を上り始める。今度は何事も起こらなかったが、なんだか憂鬱《ゆううつ》で祢々の足どりは重かった。

三階にある総務課から九階の役員フロアまで歩いて上るのは、思ったより大変だった。これは真剣に運動すべきかも……。

デスクに書類を置いてオフィスを窺うと、遠流は何食わぬ顔でパソコンに向かっている。先ほどのことがなければ、ずっとそこにいたと思ってしまったに違いない。

モヤモヤ気分を晴らせないまま、祢々はその日の勤務を終えた。

社員からの妙な視線の意味に気付いたのは数日後のことだった。

広報課の日羽正博——祢々と同期入社——と社内でたまたま行き遇《あ》い、会釈して通りすぎようとすると、憮然《ぶぜん》とした面持ちで吐き捨てるように言われたのだ。

「見損なったよ。壺井さんはそこらの浮わついた女子とは違うと思ってたのに」

「なんのこと？」

面食らって訊き返すと、日羽はムッと祢々を睨んだ。

「しらばくれんなよ。結局、玉の輿狙いだったわけだろ？　若くてイケメンの直系御曹司が現われたとたんに鞍替《くらが》えとは、さすがに呆れたけどな」

「なんの話よ⁉」

「副社長とデキてるんだって？」

唐突に言われ、息を呑んでしまう。日羽は失望と軽蔑《けいべつ》の入り交じった顔で舌打ちした。

「本当だったんだな。それにしても専務から御曹司にあっさり乗り換えるとか、見切りをつけるのがおそろしく速い」

「何言ってるの⁉　専務とは何もないわ！」

「今さら純情ぶることないだろ。もう社内中で噂になってるぞ。壺井さんが専務に取り入って結婚の約束をしておきながら、東雲一族直系の御曹司が副社長として赴任してきたとたんに乗り換えたって。もともと副社長の秘書は小松田だったのを、秘書課長にねじ込んで強引に自分に替えさせたんだってな？　課長の弱みを握って脅したって」

祢々は唖然とした。秘書課長の弱み？　そんなの知らないわよ！

秘書を替えさせたのは副社長の遠流自身だ。自分でそう言っていたのだから間違いない。第一、東雲専務には単なる秘書として仕えていただけ、やましいことなど一切ない！

――と、まくしたてられたらよかったのだが。実際にはあまりに驚きすぎてまともに声が出なかった。

反論しようにも副社長と『デキている』のは事実なので、根が正直な祢々はすべて嘘だと主張するのをためらってしまった。そんなひどい噂が広まっていたショックも大きい。

「……専務とはやましいことなど何もないし、わたしが副社長付きになったのはそのように課長に指示されたからよ。わたしが頼んだわけじゃない」

気を取り直して言い返したものの、ショックのせいでどうしても声が小さくなるのを悪い意味に取られてしまう。

日羽は肩をすくめ、フンと鼻息をついた。

「専務とは――ね。つまり副社長とはやましいことがあるわけだ」

祢々はたじろぎ、唇を噛んだ。彼に交際を申し込まれた――結婚してほしいとまで言われている――のに、ぐちゃぐちゃ思い悩んだ挙げ句、お友だちならぬセフレから始めようという彼のトンデモ提案を受け入れてしまった。それが今になってひどく『やましく』感じられる。

本当の恋人ならば言い返せたのに。自業自得としか言いようがない。

黙って突っ立っている祢々に、日羽はチッと舌打ちした。

「……ほんと、がっかりだよ」

肩を怒らせて立ち去る日羽の後ろ姿をぼんやり見送り、のろのろと階段室へ向かう。他の社員と顔を合わせたくないというのもあるが、数日前に入江が言っていたようにエレベーターの点検が入ってあと数時間は使えないのだ。

階段室に人の姿はない。祢々はゆっくりと下りはじめた。少し落ち着いてからでないと、とても遠流と顔を合わせられそうにない。何かあったとすぐにバレてしまいそうだ。

いくら感情が顔に表れにくいとはいえ、何があっても平然としていられるわけではないし、遠流は祢々の機嫌に関しては無駄に鋭い。

(そんな噂が流れていたなんて……)

変だとは思っても、まさかそこまで悪意剥き出しの噂を流されているとは思わなかった。

特にどこへ行こうというのでもなく、ぼんやりと階段を下りる。

ふと、背後で足音がしたと思った瞬間。

――――ドン。

背中を強く押されて身体が宙に浮いていた。

第七章　華麗なる一族と不思議な縁《えにし》

悲鳴も上げられないまま、祢々は勢いよく階段を転がり落ちた。床に叩きつけられてバウンドし、息が詰まる。気がつけば周囲で社員たちが騒いでいた。

救急車呼べ！　と誰かが叫ぶのを聞いて、祢々は慌てて身を起こした。

「だ、大丈夫、大丈夫ですから……っ」

「ちょっ……どいて！　──先輩っ、どうしたんですかっ!?　何があったんですか!?」

人だかりを掻き分けて駆けつけた入江が、青ざめた顔で側にしゃがみ込む。

「い、いきなり後ろから……押されて」

「押された!?　突き落とされたんですか!?」

入江の悲鳴に集まった社員たちがざわめき、我に返って祢々は焦った。

「よ、よくわからない。気のせいかも」

「どこか折れてませんか？」

「たぶん……」

床に座り込んで手足の具合を確認していると、連絡を受けた秘書課長が飛んできた。

「どうしたんだ、壺井さん。大丈夫か」

「は、はい。骨折はしてないみたいです」

「救急車、呼ぼう」

「いえ！　本当に大丈夫ですから」

「検査してもらったほうがいいですよ、先輩」

「そうだぞ、頭を打っていたら大変だ」

「頭をぶつけた覚えはありませんので……」

「いいから病院へ行きなさい。今日は早退ということで、副社長には言っておくから」

課長の勧めに、同じ秘書課の後輩である檀野も心配そうに頷いた。

「そうですよ、壺井さん。俺たちでフォローしますから大丈夫ですよ」

「ありがとう。それじゃ、お言葉に甘えて……」

タクシー呼びますっ、と入江が総務課へ走っていく。

檀野と課長の手を借りてどうにか立ち上がり、他の社員たちに騒ぎを詫びる。エレベーターで下に降りようとすると、まだ点検中の札がかかったままだった。

「階段で……」

「その足じゃ無理ですよ」

右足を捻《ひね》ったようで、うまく立てない。何階分も階段を降りるのは大変そうだが、エレベーターの点検が終わるまで待つのも不安だった。落ち着きを取り戻したら、捻挫した足首がズキズキと痛みだしたのだ。

次第に腫れてきた気もして冷汗をかいていると、階段を駆け下りてくる足音が響き、血相を変えた遠流が現われた。

「祢々さん、無事か⁉」

「すみません、大丈夫です」

「何があった⁉　いや、それは後でいい。まずは病院だ！　救急車は⁉」

「いえ、そんな、たいしたことありません、のでっ……」

慌てて首を振ると、秘書課長が代わって応じた。

「タクシーを呼びました。今日は早退して病院で診てもらってはどうかと――」

「当然だ！　で、タクシーは？　もう来たのか？」

「五分で来まーす！」

入江が叫びながら走ってくる。遠流は頷くなり、ひょいと祢々を抱き上げた。お姫様抱っこされた祢々に、入江が黄色い悲鳴を上げ、目をキラキラさせる。

「ふっ、副社長⁉　下ろしてください、歩けます！」

「いや、歩けないだろ、その足じゃ。すっかり腫れ上がってるぞ。――入江くん。彼女のバッグ、持ってきてくれるかな」
「はいっ」

勢い込んで頷いた入江が、全速力で階段を駆け上がっていく。そういえば入江は高校のとき陸上部だったっけ……などと、以前聞いたことを脈絡もなく思い出していると、しかつめらしく頷いた遠流は呆気にとられる社員を尻目にスタスタ階段室へ向かった。

「しっかり掴まってて」

遠流は祢々を抱き上げたまま階段を下り始めた。反射的にしがみつき、ぎゅっと目を閉じる。

「そうそう、それでいい」

あやすように囁き、遠流は安定した足どりで階段を下りていく。さっきより高い位置から転がり落ちそうで、とにかく怖い。

後ろから秘書課長と檀野、入江が付いて来ていることにも祢々は気付かなかった。騒ぎを聞きつけた社員が各階から覗いていることも、女子社員たちが頬を染めてきゃあきゃあ騒いでいることも、当然顧みる暇などない。

無事一階にたどり着くと、遠流は疲れた様子も見せずにきびきびと出入り口へ向かった。受付の女子社員ふたりが、ぽかんとした顔で見送っている。自動ドアを抜けて外に出ると、ちょうどタクシーが到着したところだった。

遠流は祢々をタクシーに乗せると、当然のように隣に乗り込んだ。

「副社長⁉　な、何してるんですかっ」

「付き添う」

「け、けっこうです！　子どもじゃないんだから、ひとりで病院くらい行けますよ！」

「ひとりになんかできるか。訊きたいこともある」

この時になって祢々は彼がすごく怒っていることにようやく気付いた。何も言えずに黙ってしまうと、遠流は秘書課長にてきぱきと指示を出した。

「診察が済んだら彼女の自宅まで送っていく。何かあればいつでも電話してくれ」

「わかりました。お気をつけて」

秘書課長が頷いて下がるとドアが閉まり、タクシーは走り出した。遠流はとある個人病院へ向かうよう運転手に頼んだ。

「あの。そこ、最寄りじゃないですけど……？」

「うちのかかりつけなんだ。昔から懇意《こんい》にしてる」

有無を言わせぬ口ぶりに、祢々はそっと溜息をついた。言い争っても無駄……というより無意味だろう。公立病院へ行きたいとごねるのもおとなげない。

懇意にしてると言うだけあって、ほとんど待たずに診察してもらえた。レントゲンを撮って骨折がないことを確かめ、湿布と包帯で処置してもらう。

パンプスにかかとが入らず、やむなく潰して履こうとすると、またお姫様抱っこをされそうになった。今度ばかりは断固として遠慮させていただく。

遠流は車中から病院に電話して予約を取り付けており、玄関にタクシーが横付けされるとすでにナース数名が車椅子を用意してスタンバっていたのだ。しかし遠流は車椅子を使わずお姫様抱っこのまま待合室を突き進んだため、居合わせた人々の注目を一身に浴びるはめになって死ぬほど恥ずかしかった。

靴のかかとを踏みつぶし、遠流の腕に掴まってひょこひょこ歩いて外に出ると、見覚えのある車が停まっていた。三叉フォークのようなマークのついた白いSUV。遠流の愛車だ。

側には例によって黒服の執事——穂積氏が慇懃《いんぎん》に控えていて、さっと助手席のドアを開けた。怪我《けが》のことを聞いているのか、すでにシートは通常より後ろにずらされている。

九十度のお辞儀で穂積氏に見送られて走り出し、祢々は眉間を摘まんで溜め息をついた。すっかりこれが癖になってしまって嘆かわしい。

「痛いだろう」

「ええ、まぁ……。湿布してもらってだいぶ楽になりました」

頷いた遠流はしばらく運転に集中した。流れに乗ると彼はぶっきらぼうに尋ねた。まだご機嫌斜めのようだ。

「——で、何があった?」

「つ……躓《つまず》いちゃって」

「ふーん」

おもしろくなさそうに彼は鼻を鳴らした。全然信じていないのは明白だ。

「すみません、ご心配をおかけして」

「実際、祢々さんには何かとやきもきさせられるな」

「ご、ごめんなさい」

「謝らなくていいよ。今回のことは、祢々さんに責任はない」

「わたしが躓いたから――」

「謝らなくていいけど、嘘はだめだ。誰かに背中を押されたんだろう？　入江から聞いた」

いつのまに……と冷汗が出た。うっかり入江に洩らしたとき遠流は側にいなかったし、彼が来てからタクシーに乗るまで、入江はそのことを話さなかったはず。祢々が診察を受けているあいだに待合室で連絡を受けたのだろうか。

ふと、数日前の出来事が思い浮かんだ。休憩スペースで密談（？）していた遠流と入江。わかりやすい入江の挙動不審。いつのまにか入江からの情報を仕入れている遠流――。

「……とにかく家で話そう」

我に返り、こくっと頷く。今何時だろうかと腕時計を見て、止まっていることに気付いた。ガラスにひびが入っている。溜息をつくと遠流が横目でちらと見た。

「どうかした？」

「腕時計……壊れちゃった」

「落ちたとき?」

「たぶん。どこかにぶつけたんだと思います。ガラスも割れちゃってる」

「お気に入り?」

「……初ボーナスで買ったの」

ふふっと祢々は笑った。ほとんど毎日使っていたからだいぶくたびれている。そろそろ替え時だったかもしれない。

祢々の住むマンションに到着すると、来客用の駐車スペースに車を停めた。平日の夕方前なのでどこも空いている。

誰も見てないよ、と主張され、またお姫様抱っこで部屋まで連れて行かれた。住民に出くわしたらどうしようかと、部屋に着くまで祢々はひやひやしどおしだった。

遠流がこの部屋に来るのは、酢豚を作ってもらって以来だ。

「あの、コーヒーでも……」

「俺が淹れる。祢々さんは座ってて」

パンプスを履いたままソファに座らされ、丁重に靴を脱がされて祢々は赤面した。

玄関に靴を置いて戻ってきた遠流に、コーヒー粉の置き場所などを教える。待っている間にスーツの上着を脱いでハンガーにかけていると、両手にマグカップを持って戻ってきた遠流に睨まれてしまった。

「こらっ。おとなしく座ってなきゃだめじゃないか」

「だ、大丈夫よ。骨折したわけじゃないんだし」

「甘く見て無理すると長引くぞ」

並んでソファに座り、マグカップを渡されて、ぽんと頭を撫でられた。

「……気をつけます」

「よし。で、誰に突き落とされたの？」

ズバリ問いただされ、ぐっと詰まる。慎重にコーヒーを一口飲んで、ぼそりと答えた。

「わからない」

「あのね、祢々さん」

「本当にわからないの！　見てないんだもの。階段を下りていたら後ろで足音がして。誰か来たな……って思ったとたんに――」

「ドン？」

黙って頷く。遠流は何事か考え込むようにコーヒーを飲んでいたが、やがて不審げに眉をひそめた。

「なんで下りてたの？」

「え？」

「いや、落ちた場所がさ……変だなと思って。用事で出かけたのはもっと上の階だろ？　祢々さんはサボったり寄り道したりする人じゃないから、用が済めばさっさと戻ってくるはず」

「わ、わたしだってたまには寄り道くらいするわよ」

じーっと見つめられて焦った祢々は、苦し紛れに言い返した。

「遠流こそ、入江ちゃんと何してたの？　休憩スペースで話してたでしょ」

ああ、と遠流は苦笑した。

「誰か下で喋ってるな、と思ったけど、あれ、祢々さんと入江くんだったのか」

「彼女、思いっきり挙動不審だった。何を話してたの？」

「んー……。祢々さんが妬《や》くようなことじゃないんだけどなぁ」

「だっ、誰が妬いてるのよ⁉」

「あれ、妬いてくれないの？」

がっかり……と溜息をつく遠流に祢々は眉を吊り上げた。

「ふざけてないで、ちゃんと説明してよ！」

「ふざけちゃいない。入江くんのやる気を見込んで、ちょっとした調査をお願いしただけ」

「それは秘書の仕事よ。どうしてわざわざ他部署の社員に頼むの」

ムッとして睨むと、遠流は申し訳なさそうな顔をした。

「調査してることが社内で知られると、ちょっとまずいんだ」

どうも本当にまじめな話らしい。遠流は渋っていたが、祢々が再三頼む――脅す？――と、ようやく口を開いた。

「社内の不正調査だよ。実を言えば俺が副社長として東雲R＆Vに来たのはそのためなんだ」

呆気にとられて祢々は遠流を見つめた。

「……不正？」

「うん」

「社内で⁉」

「そう。詳しいことは、まだ言えない。入江くんにも詳細は話してない」

「どうして入江なの？」

「彼女は現在の役員たちとほとんど面識がないからね。逆に、祢々さんは万能秘書としてよく知られてる」

祢々はハッとした。

「それ……役員の誰かが不正を働いてるってこと……⁉」

「うん」

「誰⁉」

「言えない。それに、祢々さんは知らないほうがいい」

「どうして！」

「言っただろう、調査してることがバレるとまずいって。警戒されるとしっぽをつかめなくなる。確実な証拠を押さえないと弾劾《だんがい》しづらい相手なんだよ」

遠流がそんなことを言う人物はごく限られる。社長か専務、どちらも東雲の一族だ。

「……わかった、これ以上は訊かない。わたしは秘書として、副社長が警戒するにはあたらない人物だと思わせればいいのよね？」

「さっすが祢々さん、よくわかってるなぁ」

遠流は嬉しそうに祢々の肩を抱いた。

「そう。俺は無能で無害なボンボン副社長だとナメられてる必要があるのさ。万能秘書に指示されるまま、ほけほけ動いてるだけの、ね」

「わたしとしては、そういうの、すごい不本意なんだけど……」

「ごめん。悪いと思いつつ、祢々さんに手綱《たづな》を握られてるイメージを密《ひそ》かに作ってた。そのせいで祢々さんの評判が悪くなってしまって……反省してる。責任は取るから安心して！」

責任を取るというより、狡猾《こうかつ》に退路を断たれてる気がしてならないんだけど！

「……もしかして、あの変な噂もあなたが流したの？」

「噂？」

「わたしが専務を捨てて、御曹司副社長にさっさと乗り換えた……とかいう与太話《よたばなし》！」

睨まれた遠流は慌てて手を振った。

「それは俺、関係ないよ！　俺だってびっくりして、頭に来た。入江くんもめちゃくちゃ怒ってたな。そっちも調べるって息巻いてた」

「言っておくけど、わたし本当に専務とはなんでも――」

「わかってる」

遠流は祢々をそっと抱きしめた。

「祢々さんが好きなのは俺だよね？」

「……ん」

ぎゅっと彼の背を抱きしめ、祢々は頷いた。黙っていようと思ったが、この際きちんと話しておいたほうがよさそうだ。

「あのね……。噂のことで、詰《なじ》られたの。これまでわりと仲よくしてた人に……。それで初めてそういう噂があることを知って……すぐには遠流と顔を合わせづらかった。だからちょっと落ち着こうと思って、逆方向へ向かったの」

「そうしたら誰かに突き落とされた？」

「うん……」

溜息をついて遠流は祢々の背を撫でた。

「災難だったな。――とにかく、二、三日休んで家で養生するといい」

「そんな、大丈夫よ。歩き回るのは無理でも、デスクで仕事するくらい……」

「いいから休んでなよ。有休だいぶ溜《た》まってるだろ？」

「……バリ島行きでかなり使ったわ」

遠流は目を細め、そっとキスした。

「怪我してなければ絶対押し倒すシチュエーションなんだけど」

「もうっ……」

睨まれた遠流は、ハハッと笑って祢々の目許に唇を押し当てた。

祢々の好む甘いキスを何度か繰り返すと、名残惜しそうに彼は帰っていった。


結局祢々は二日間会社を休んだ。一日休めば大丈夫と思ったが、湿布したにもかかわらずかなり腫れ上がって痛かった。包帯を巻いた足を引きずって歩くのも気が引ける。

遠流は毎晩やって来て夕飯を作り、会社での出来事を話してくれた。

祢々の代わりに小松田が臨時の副社長付きになったという。念願かなって大喜びしてるよ、と聞けばおもしろくないが、遠流のちょっと意地悪げな表情を見ると何か企《たくら》んでいそうで逆に心配だ。

三日目の朝。どうにかパンプスが履けるようになったので出社を決めた。一番ヒールの低い靴を選び、湿布が目立たないようパンツスーツにする。

いつもより少し遅れて秘書課へ行くと、すでに来ていた課長が驚いた顔をした。

「壺井さん。もういいのかい？」

「はい。全快とはいきませんが、なんとか」

「そうか。無理するんじゃないぞ」

頷いて自分のデスクへ行くと、檀野や他の秘書課員たちが本当に大丈夫なのかと気遣ってくれた。檀野はともかく秘書課の女子社員は祢々を敵視しているはずなのに、なんだか機嫌を取られているような妙な雰囲気だ。

やがて朝の全体ミーティングが始まり、祢々はふと気付いて隣席の女子社員に尋ねた。

「小松田さんの姿が見えないようだけど……どうしたの？」

臨時とはいえ念願の副社長付きになってはしゃいでいると聞いた。その『地位』を死守すべく攻撃してくるに違いないと覚悟していたのだが。

女子社員は何故かうろたえて目を泳がせた。

「あ、えーと……。あの人は異動になりました」

面食らっていると、会話を聞きつけた課長が代わって説明しはじめる。

「ああ、壺井さんはまだ知らなかったな。そうなんだ、急な話だが小松田さんは東雲グループの別会社に転属となった」

「要するに飛ばされたんですよ。物流倉庫の事務職だそうです」

檀野が肩をすくめて付け足す。

「……わたしに代わって副社長付きになったのでは？」

「一日だけね。というか、実質数時間かな、鼻高々でいられたのは」

「あー、つまりだな。壺井さんを突き落とした、その、犯人が……彼女だと判明したんだ」

祢々は唖然と課長を見返した。

「小松田さんが……？」

「本人は、ちょっと押しただけだと言い張ってるが」

「階段で後ろから押せばふつう落ちるでしょ。確信犯に決まってますって」

にべもなく檀野は断言する。

「副社長は最初から彼女を取り調べるつもりで代理に指名したんじゃないかな。あの人、ヘラヘラして見えて意外と鋭いのかも」

「こら、檀野。ヘラヘラなんて失礼だぞ」

「すみません」

檀野は恐縮顔で頭を掻いた。

ミーティングが終わると、役員付きの個人秘書はそれぞれの持ち場へ散っていく。小松田が急に異動になったため檀野が社長付きになって専務には別の秘書が付くなど、分担も暫定《ざんてい》的に変わった。

「壺井さん、ちょっと」

　課長に呼ばれてデスクへ行くと、まぁ座って、とパイプ椅子を出された。

「この際はっきり訊くけどさ。壺井さん、きみ副社長と付き合ってるの？」

「…………は、はい」

　小声で問われ、思い切って同じような小声で答えた。課長は、そうか……と溜息をついた。

「いや、それはそれで別にいいんだ。ただ、きみが専務とどうこういう噂が――」

「まったく身に覚えがありません！」

「わかってる。実はあれを流したのも小松田さんらしくてね」

「そうなんですか⁉」

「うん、それで専務も副社長もひどく立腹されてねぇ。結論から言うと、壺井さんが副社長と交際中ということは、すでに知れ渡ってるから」

「えぇぇ⁉」

　思わず叫んでしまい、慌てて口を押さえる。居合わせた社員たちはことさら顔をそむけ、聞こえなかったふりをしている。

　課長は眉間にしわを寄せて嘆息した。

「本来、望ましいとは言えないが……。副社長の説明によると、あの人が転任してくる前にすでに知り合ってたそうだね？」

「はい……」

「副社長は、壺井さんを口説き落とすために強引に自分の秘書にしたとか」

「え、えぇ……それは……なんと言いますか……」

答えに四苦八苦していると、課長は目を泳がせ気味にこめかみをぽりぽり掻いた。

「壺井さんは仕事に邁進《まいしん》するタイプで、オーナー一族の御曹司だからって目の色変えるような人とも思えないしなぁ。大方、わがまま御曹司に強引に迫られてにっちもさっちも行かなくなった……ってとこ?」

「……はぁ」

「災難だねぇ、色々と」

しみじみと気の毒そうに言われ、祢々は顔を引き攣らせた。

「まぁ、俺としては、壺井さんにお願いしたいことはふたつだ」

「なんでしょうか」

「まずは副社長の手綱をしっかり取ってほしい。くれぐれも暴走しないようにね！」

「……」

無害で無能なチャラ男副社長——というイメージは、遠流の戦略どおり浸透しているようだ。さらに、祢々のことで『わがまま坊ちゃん』と思われてしまった。たとえ戦略であっても申し訳ない。

「それから。まぁ、言わずもがなとは思うが……いくら公認の仲とはいえ社内では公私混同しないよう頼むよ」

「そのようなことはいたしません！」

「もちろん壷井さんのことは信用している。ただ、他の社員のやる気を損ねるようなことになってはまずいし、それに――」

　課長はさらに声をひそめ、祢々は耳を寄せた。

「小松田が飛ばされたことで、秘書課の女子社員は戦々恐々としてるんだ。みんな彼女の子分みたいな感じだったからね」

　ああそれで……と祢々は妙な雰囲気の理由を理解した。

「わたしが副社長に言いつけると思ってるんですね？」

「恐れてビクビクしているのは確かだな」

「仕返しなんてしませんよ。大体、小松田さんが犯人とは知らなかったんです」

「だからこそ、壷井さんにはうまいこと副社長を操縦してほしい。副社長は壷井さんにご執心のようだからねぇ。――まったく、社長も副社長も自分勝手で困るよ。有能な専務がいなかったらうちはどうなることか……。あ、今のはオフレコね。告げ口は勘弁して」

「だからしませんってば」

　はぁ、と課長は溜息をつく。溜息つきたいのはこっちよ……と暗澹《あんたん》たる気分で祢々は課長席を離れた。

エレベーターで役員フロアへ上がったとたん、専務と行き合わせた。一瞬ウッとなったものの、長年の鍛練のおかげで即座に平常心を取り戻してお辞儀する。

「おはようございます、専務」

「おはよう、壺井さん。足はもういいのかい？」

「はい、おかげさまで。まだ少し引きずりますが、大したことはありません」

「そう……」

エレベーターの開ボタンを押さえながら慇懃に会釈すると、専務は小さく咳払いした。

「迷惑かけてすまなかったね。その、例の噂の件だが」

「――いえ、こちらこそ」

「遠流くんのことで何か困ったことでもあれば遠慮なく言ってくれ。いちおう身内だからね。相談に乗れると思う」

「はい、ありがとうございます」

一礼してボタンから手を離す。お辞儀しながら扉が閉まるのを見送って、祢々は副社長室へ歩きだした。

いつものように朝の準備をしていると、遠流が悠長な調子で出勤してきた。

「おはようございます、副社長」

「わっ、祢々さん！　来てたの⁉」

「壺井です」

冷ややかに訂正すると、目を丸くした遠流はニコニコと笑み崩れた。

「いつもの壺井さんだ。嬉しいなぁ」

「副社長。階段でわたしを押したのは、本当に小松田さんなのですか？」

前置きもなくいきなり祢々は尋ねた。この辺の遠慮のなさは、プライベートの関係がちょっと出てしまっているかもしれない。

遠流は目を瞠りはしたが、躊躇《ちゆうちよ》なく頷いた。

「本当だよ。目撃者もいる。入江くんが探し出してきた。残念ながら突き落とした瞬間じゃないけどね。ね――壺井さんが落ちたすぐ上の階から、じっと見下ろしてる彼女に、騒ぎを聞きつけてやってきた社員が何が起こったのかと尋ねたんだ。小松田は『天罰が下ったのよ』と笑い、鼻唄まじりに階段を上っていったそうだ。その社員は壺井さんが落ちたことを知って、もしかして……と思ったと」

「でも、見たわけではないのでしょう？」

「だからちゃんと本人に確認した。俺と社長と専務、全員顔を揃えた上でね。ずいぶん粘ったけど最後には口を滑らせた。それでも、わざと突き飛ばしたわけじゃない、話しかけようと肩を叩いたら勝手に落ちた……とかなんとかしつこく言い張ってたな。肩叩かれた覚えある？」

「ありません」

背後で足音がした次の瞬間、思いっきり背中を押されたのだ。悲しいけれど害意があったとしか思えない。

「たとえ過失だったとしても、事故を起こした当事者には緊急措置義務がある。負傷者がいる場合は救護措置を行い、必要があれば救急車を呼んだり病院に運ぶなどの救命措置に最優先で取り組む義務が――」

「あの。それは交通事故の場合なのでは？」

眉をひそめて遮《さえぎ》ると遠流はフンと鼻息をついた。

「似たようなものだ。故意でも過失でも小松田の行為は間違いなく傷害罪にあたる。警察に訴えると言ったらぽかんとして、いきなり泣きだしたよ。祢々――壺井さんに怪我させた女なんか、泣こうがわめこうが同情の余地はないけど、社長がおろおろしちゃって。専務も巻き込まれた側だから渋い顔してたけど、社長が庇《かば》うもんだからしかたなく左遷《させん》で手を打ったんだ。俺としては訴える気満々だったのにな」

冗談とは思えない口ぶりに顔を引き攣らせる。遠流はワルそうな顔でニヤリとした。

「ま、遠からず辞めるだろうけどね。プライドだけは無駄に高そうだし？　蝶《ちょう》よ花よで育った社長令嬢に地味な倉庫事務など耐えられまい」

要するに間接的にクビにしたわけだ。

「……残念です」

色々な意味で、本当に。

肩を落とす祢々の頬に遠流がそっと手を添える。祢々はハッとして彼の手を押しやった。

「やめてください。公私混同を避けるよう、課長から言われたばかりなんです」

「ちぇっ、お固いなぁ。まっ、そういうとこが好きなんだけどね」

だからさらっと言わないでほしいんですが！

祢々は深呼吸をひとつして冷淡な目を向けた。とたんに彼は顔を赤らめながら腰をくねくねさせる。

「その冷たい目付きが、ああっ、たまらない～！」

身悶えする遠流の姿に、気持ち悪ッと祢々は眉を吊り上げた。

「副社長！　それ以上おふざけになると、会長に直訴しますよ⁉」

「ハイ」

とたんに遠流は殊勝に頭を垂れた。祢々は冷ややかに彼を睥睨《へいげい》するとタブレットを取り上げ、スケジュールを表示させた。

「――では、本日の予定を確認させていただきます」

ようやくまじめな顔になった遠流に説明しながら、本当にこれでいいのかしらと祢々は内心溜息をついていた。

遠流が社内の不正をひそかに調べるために着任したこと。

これはむろん会長の指示だろう。

警戒されないよう無能で無害でチャラい御曹司を装う必要があること。

これもわからなくはないのだが、そのためにいつのまにか自分が彼の『ご主人』的な存在だと認知されてしまったことには抵抗がある。それ以上に腹が立つのは、そういう状況を遠流がおもしろがっていることだ。

（…………変態っ）

ひそかに毒づき、祢々は必要以上によそよそしい態度でスケジュール確認を終えたのだった。


それから週末まで、遠流は少なくとも勤務時間中はおとなしくしていてくれた。真剣な顔でパソコン作業をしたり、スマホで誰かと喋ったりしている。不正調査を進めているのだろう。

仕事に打ち込んでいるときの遠流はふだんとは別人のように知的で凛々《りり》しくて素敵だ。もともと端整な顔立ちだから、集中しているときは本当に格好よくてつい見とれてしまう。

残念なことに、祢々の視線を察したとたんにへらりと笑み崩れ、ニコニコと手を振り始める。

ご主人に気付いてしっぽをブンブン振るわんこのごとく。

毛並みツヤツヤのゴールデンレトリーバーの幻覚を、頭を振って追い払い、眉間にしわを寄せて仕事に戻ると電話が鳴った。副社長からの内線だ。

『あー、壺井さん。すみませんが、コーヒー淹れてもらえますか？』

「かしこまりました」

社内では公私混同厳禁！　と申し渡すと、遠流は何故か馬鹿丁寧な敬語で話しかけるようになった。敬語は必要ないと言っても、タメ口だとどうしても公私混同しちゃうからと大まじめな顔で返され、そういうものかも……と納得した。

以来、端から見ればよそよそしいほど、あくまで他人行儀にふたりは仕事をしている。

遠流に夜の会食が入ったり、急ぎの資料作成作業などがなければ、たいてい祢々は時間どおりに仕事を終える。

遠流は在社していることもあれば、出かけていることもある。いないときは待たずに帰っていいことになっているので、祢々はデスクを片づけ、秘書課に顔を出してから退社する。

帰宅して夕食の支度をしていると、できあがる頃に遠流がやってくる。あるいは彼が先に来て夕飯を作っている。そのために、ねだり倒されてしぶしぶ合い鍵を渡した。

今日、遠流は直帰の予定で午後から出かけたのだが、終業時間直後にスマホにメッセージが届いた。予定より早く終わったが帰社するには半端な時間なので、夕飯を作りながら祢々の部屋で仕事をしてるという。

何か好きなパンでも買ってきて、というメッセージに了解スタンプを返した。

最近、彼は祢々の家にほとんど入り浸りで、第二の自宅かオフィスのようだ。一旦はもう来ないでと突っぱねたのだが、捻挫をきっかけになし崩し的に半同棲状態になってしまった。

ごはん作ってもらえるし、遠流の料理は自分で作るより美味しい。

シングルベッドでくっついて眠るのも悪くない。時々早朝からされてしまうのは、ちょっと、いやだいぶ困るけど……。重役出勤の遠流はともかく、一般社員である祢々は当然定時出勤なのだから。

「――ただいま」

自宅にそう言って入っていくのは、未だにちょっと気恥ずかしい。一人暮らしのときは『ただいま』なんて言わなかった。

「おかえりー」

エプロン姿でにっこりする遠流に、祢々はまたもどぎまぎしてしまった。イケメンのエプロン（フリル付き）姿がこんなにいいものとは……。

「いい匂い。何？」

「ボルシチのパイ包み焼き。今日はちょっと梅雨寒《つゆざむ》だからね。煮込み料理もいいかと思って」

「美味しそう！」

　実際、店で出せるんじゃない？　というくらいの出来だ。ビーツの缶詰を使い、サワークリームも乗っている。パイ包みにしたので、こんがり焼けたパイ皮を崩しながら食べるのも美味しかった。

　食後のお茶で一息つくと、遠流が上機嫌で細長い箱を出してきた。きれいにラッピングされてリボンがかかっている。

「何？」

「プレゼント」

「誕生日じゃないけど……？」

「いいから開けてみて」

　ニコニコと促される。有名なラグジュアリーブランドのロゴがさりげなく入った箱を開けると、それは上品な腕時計だった。

　金属製の銀色のバンドは鱗《うろこ》のようなデザインで、長方形の文字盤のまわりには小粒のダイヤモンドが散りばめられている。

「素敵……！　でもこれ、かなりするんじゃない……!?」

「それほどでもないよ。ほら、つけてみて」

　遠流の『それほどでもない』は全然あてにならないが……。左手首に腕時計を嵌めてみると、祢々の手をとって遠流は満足げに微笑んだ。

「うん、やっぱりホワイトゴールドにしてよかった。ピンクゴールドと迷ったけど、祢々さんにはこっちのほうが似合いそうだし、これなら仕事にもお出かけにも使えていいかなって」

「う、うん、ありがと……」

というか、ホワイトゴールドって……金なのこれ⁉　スティールじゃなく⁉

その腕時計が実は四百万近くすることを知って祢々が蒼白《そうはく》になるのは、数日後のことである。

「……もらっていいの？　ものすごく高そうなんだけどこれ……。無理してない？」

「してないしてない。もう即金で払っちゃったし、借金したわけじゃないから心配しないで」

遠流はけろりとした顔で答え、綺麗だ〜、似合う〜と祢々の手を愛おしそうに撫でている。

初ボーナスで買った愛用の腕時計が壊れてしまい、とりあえず間に合わせに適当なものを買おうとすると『俺がいいのを買ってあげるから』と遠流に断固阻まれた。この数日、彼の腕時計コレクションから一番小振りなものを借りていたのだ。

「じゃあ……。ありがたくいただくわ。大事にする」

「気に入ってくれた？」

「もちろん。素敵すぎて、気が引けるくらい」

「よく似合ってるよ。これならスーツでもドレスでも大丈夫」

「……ドレス？」

「実は今度パーティーがあってね。一緒に来てほしいんだ」

「そんな予定あった⁉」

　慌てる祢々を、遠流は笑って制した。

「仕事とは全然関係ないよ。身内のパーティーなんだ。祖母の喜寿《きじゅ》祝い」

「祖母、って……。え、会長のこと⁉」

　ウン、と遠流は子どもみたいにこっくり頷いた。

　現在の東雲グループの会長は、東雲絹子《きぬこ》という女性で、亡くなった先代会長の夫人である。彼女自身も東雲一族の出身で、従兄妹《いとこ》同士の結婚だ。

「祢々さんを家族に紹介するよ。来てくれるよね？」

　にっこり。

　ああ、着々と外堀を埋められてる……っ。

「しょ、紹介って……どういう……？」

「もちろん結婚を前提にお付き合いしてるって。まさかセフレだと紹介するとでも思った？」

　青くなってぷるぷるとかぶりを振る。

「で、でも、あの、結婚を前提とか、聞いてないし……」

「言ったよ、俺。結婚してって」

「えっ？　ええと……。言われた気はする、けど……返事をした覚えは……」

「交際の行き着く先なんて、どのみち結婚か破綻《はたん》しかない。破綻を前提に交際するわけないいんだから、結婚前提で間違ってはいない。そうだろう？」

「かもしれないけど……っ」

「そう警戒しないで。まだ『前提』であって、『結論』じゃないんだし、ね？」

彼はさらに不敵ににっこりした。結論は結婚以外にないけどね、と雄弁に目が語っている。

「わ、わたし、足が、まだ……」

「ダンスパーティーじゃないんだから大丈夫だよ。ちゃんと椅子も用意するし、立ってる間はずっと俺に掴まってればいい。そうすれば俺も安心だ」

断れそうに、ない——。観念してがくりと頷くと、遠流は満面の笑みを浮かべた。

「じゃ、明日さっそく新しいパーティードレスと靴を買いに行こう」

「い、いいわよ。この前買ってもらったのを着るから」

「誕生祝いなんだから、もっと明るい色合いがいい。この前はシックなものばかりだったからね。靴もヒール低めでエレガントなのを探さないと。ハイヒールはまだ危ない」

なんだかんだで強引に説き伏せられ、祢々は某老舗デパートへ連れて行かれたのだった。


東雲グループ会長の喜寿祝いということで、パーティーは盛大なものだった。全グループ企業の常務以上の役員は全員出席しているようだ。見知った顔もたくさんある。

遠流にとっては単なる祖母の誕生祝いかもしれないが、祢々からすれば出席者は会社の人間ばかりだからどうにも気が抜けない。

しかも、いつのまにか遠流の婚約者と見做されてしまっている。とても否定できる雰囲気ではなく、おめでとうと言われるたびに祢々は顔が引き攣りそうになるのを必死に押さえて会釈を返した。

「――ちょっと！　婚約なんてしてないでしょ⁉」

隙を見て祢々は小声で抗議した。遠流は困ったように苦笑する。

「求婚中だってちゃんと言ったのに、勝手に婚約済みにされちゃったんだ」

「御曹司の求婚を断るわけがないって？」

厭味たらしく言い返すと遠流は懸命に機嫌を取り始めた。

「そう怒らないで、ね？　家族にはまだ交際段階だときちんと説明するから」

「――遠流くん」

「伯父さん」

聞き覚えのある声がして、振り向くと東雲R&V専務の東雲義行が立っていた。イタリアブランドのスーツは仕事のときより光沢のある生地で、華やかな雰囲気だ。手に持ったシャンパングラスを軽く掲げて祢々に会釈する。

「会長やご両親に壺井さんを紹介するなら早めにしたほうがいいよ。会長は少し風邪気味で、しばらくしたら退席されるそうだ」

「そうですか。それじゃ早速」

会釈して離れる。ラグジュアリーホテルの広々としたバンケットホールには白いクロスのかかった軽食のテーブルが点在し、そのあいだをたくさんの人々が行き来している。

祢々の足を気遣いながら、遠流は慎重に人込みをぬって金屏風《きんびょうぶ》の置かれた壇上近くで歓談する一群へ向かった。

幹部社員たちに取り巻かれている上品な和服姿の白髪の女性が会長の東雲絹子だ。写真で見知っていても、直接会うのは初めてである。

会話が一段落するまで待とうとすると、絹子は目ざとく気付いて微笑んだ。

「遠流さん。久しぶりね。全然顔を出してくれないんだから、この子は」

「お久しぶりです、おばあさま」

会釈する遠流に、緊張しながら祢々も合わせる。絹子はそつない微笑を祢々に向けた。

「その方が……?」

「はい。お付き合いしている壺井祢々さんです。大変優秀な秘書で、日々助けられています」

ほほ、と絹子は軽やかな笑い声を上げた。喜寿とは思えないくらい若々しい。

「運命の相手というのは間違いではなかったようね」

「もちろんです」

胸を張る遠流をうろたえて窺う。祢々が副社長付きになったのは会長の指示だそうだが、いったいどういう説明をしたの⁉

「祢々さん。——そうお呼びしてもいいかしら？」

「は、はい！　もちろんです、会長」

「そんな堅苦しくしないで。いずれ家族になるのだし。そうなのでしょう？　遠流さん」

「全力で口説き落としているところです！」

目をキラキラさせて遠流はぐっと拳を握る。祢々は引き攣りそうな顔を必死で笑顔に保った。

「がんばってね。ほら、皆にも紹介なさい」

絹子の手招きで、周囲を取り巻く人々のなかから何人かが進み出る。専務付きの秘書だった祢々はむろん全員の顔を知っていた。

グループの代表である東雲ホールディングスの社長・東雲史明《ふみあき》とその夫人・薔子《しょうこ》。ふたりとも五十代半ば。穏やかで気品のある顔立ちだ。薔子は明るい鶸色《ひわいろ》の訪問着がよく似合っている。

専務取締役を勤める長男の晃人《あきと》は三十五歳だったか。やや冷たい感じのする知的クールなイケメンだ。

常務である三男の大地《だいち》は二十六歳でさわやかなスポーツマンタイプ。ノーネクタイで、カジュアルなジャケット姿。

長女のミレイはグループ会社の社長兼海外のランウェイでも活躍するスーパーモデルとして

有名だ。ホルターネックのミニドレスからすらりと長い脚が覗いている。大地とミレイは双子である。

（ま、眩《まぶ》しい……）

祢々は必死に眩暈を押さえながら、それぞれと挨拶を交わした。

「るー兄《にい》が彼女連れてくるっていうから、みんな興味津々で待ってたんだよ」

ひととおり挨拶が済むと、待ちかねたように話しかけてきたのは大地だった。

（るー兄って呼ばれてるんだ）

なんだか新鮮……！

大地の双子の妹・ミレイは値踏みするように黙って祢々を観察していたかと思うと、フンと鼻息をついて両手を腰に当てた。ちなみに海嶺と書いてミレイと読ませるのが本名。

「わたしのほうが美人だし、スタイルだっていいわ」

いきなり断言され、目を丸くしながら『そうでしょうとも』と納得していると、祢々の腰を抱き寄せながら遠流が言い返した。

「俺にとって世界一の美人でスタイル抜群なのは祢々さんだ」

「目がおかしいわよ！」

「まぁまぁ。あばたもえくぼって言うし――」

大地が取りなそうとしたが、遠流に睨まれて慌てて言いなおす。

「いや！　彼女がそうだというわけではけっして！」

「あたりまえだ。祢々さんは才色兼備の万能秘書だぞ」

（やめて――っ）

「――では、今後は私生活においても適切にマネジメントしてもらえ」

そっけなく言ったのは長男の晃人だ。

「うん、そのつもりだよ」

「いいことだ。おまえはちょっと目を離すと糸の切れた凧《たこ》みたいにフラフラどこかへ行ってしまうからな」

「相変わらず、あっくんは手厳しいわねぇ」

「お母さん！　人前でそういう呼び方はやめてくださいと何度も」

「あらごめんなさい」

口許に手をかざしてウフフと薔子は笑う。

「でもねぇ。あっくんもそろそろ本気でお嫁さん探したらどうかと思うのよ。だいちゃんも」

晃人は額を押さえ、はーっと嘆息する。大地は肩をすくめた。

「俺は後でいいよ。兄さんはるー兄を見習って南の島へバカンスに行けばいいと思うな」

「素敵！　今度みんなで行きましょうよ。ねぇ、お義母様《かあさま》」

「にぎやかでいいわねぇ」

ほほ、と笑った絹子が、むせたように軽く咳《せ》き込む。史明社長が心配そうに覗き込んだ。

「大丈夫ですか、お母さん。水でも持ってきましょうか」

「喉の調子がちょっとね。せっかくお祝いの会を開いてもらったのに悪いけど、早めに帰らせてもらうわ」

送っていくという息子や孫たちの申し出を断り、絹子はホテルのスタッフと薔子の付き添いで会場を後にした。祢々には後日改めて家に遊びに来るよう言い置いて。

「……心配ですね」

呟いた祢々の肩を遠流が優しく撫でる。

「かかりつけ医を呼んであるから大丈夫さ」

「あれ仮病だよ。長居すると次から次へと話しかけられて相手しないといけないから。年取ったせいか、昔ほど堪《こら》え性《しょう》がないんだって」

大地はけろっとした顔で言い、悪戯っぽくウィンクした。

「よかったね、祢々さん。おばあさまはあなたのこと気に入ったみたいだよ」

「そうでしょうか……」

「そうでなければ遊びに来いなんてわざわざ言わないよ。本気にされたら困るような社交辞令は言わない人だから」

見上げると、遠流もうんうんと頷いていて祢々はホッとした。

しばらく彼らと喋っていると、話しかけたそうな人たちがだんだん周囲に増えてきた。悪いと思った祢々は、ちょっと化粧室へ……と断りを入れてその場を離れた。遠流が心配そうに『付き添おうか？』と言うのを、大丈夫だから！　と断固押しとどめる。

遠流が新しく買ってくれた靴はヒールが低めで歩きやすいが、用心して慎重に歩を進める。足首の痛みもほぼなくなり、ふつうに歩けるようになってきたところだ。油断してまた足を引きずるようになっては元も子もない。

無事、化粧室へ行って戻ってくると、会場から出てくる義行に気付いた。向こうも祢々に気付いて、少し気まずそうに苦笑する。

「もうお帰りですか？　専務」

「ちょっと……いづらくてね」

「いづらい？」

「規模は大きくても基本的に内輪のパーティーだ。東雲一族に連なる人たちばかりと喋ってると、どうも気疲れしてしまって」

「専務も一族の方でしょう？」

「本当の身内は妻のほうだからね。ずいぶん前に亡くなって子どももいない。東雲姓を名乗っていても部外者だから。——いや、私のほうが、ついそんなふうに感じてしまうんだよ。ひがみかな」

「そんな」

義行は苦笑してかぶりを振った。

「気にしないでくれ。――ああ、遠流くんならうちの社長と喋ってるよ。それじゃ」

「お疲れさまでした」

つい会社のように応対してしまい、うっすら頬を染める。義行は軽く手を振ってエレベーターホールのほうへ歩いていった。

ふたたびパーティー会場へ入り、遠流を探す。

(うちの社長って……東雲R&Vの社長のことよね)

そういえば、今日、見かけたっけ……？

会長の挨拶や社長のスピーチを聞く間も、祢々はその後この人たちに紹介されるのかとひどく緊張して周りが目に入らなかった。秘書として出席していたなら、出入りする人たちに抜かりなく目を配ったはずだが。

東雲R&Vの現社長は亡くなった先代会長の甥。会長の喜寿祝いには当然招かれている。見かければ気付いたと思うが、どうも見かけた覚えがない。専務にも気付かないくらい緊張していたようだから、やはり見逃してしまったのだろう。

(専務も気苦労が絶えないのでしょうね)

ふだんは意識しなくても、こういう血族中心の集まりだと姻戚である専務は居心地悪さを感じてしまうのかも。

気苦労が絶えないわりに髪はグレーでもふさふさしているが。ハゲているのは専務に仕事を任せて呑気《のんき》に趣味を極めている社長のほうなのだから皮肉なものだ。

（そういえば――）

遠流がひそかに調べている社内不正。まじめな専務が不正をしているとは思えないから、やっぱり怪しいのは社長……なのだろうか？　盆栽と錦鯉の社長が、不正？

一瞬笑いそうになった祢々は、ふと考え直した。

（……待って。ありえるかもしれないわ）

盆栽も錦鯉もカネのかかる趣味だ。百年ものの盆栽には五百万くらいするものがザラにあるし、品評会で優勝した錦鯉には数千万の値がつくと聞く。はたして役員報酬だけでまかなえるものだろうか？

オーナー一族とはいえ立場的には雇われ社長に近く、東雲グループ全体の経営には関与していない。

祢々は社長室に据えられた巨大な水槽を思い浮かべた。社長は自宅の池に通常サイズの錦鯉を泳がせるだけでなく、水槽で小型の錦鯉も飼育しているのだ。

その社長と、遠流が喋っている。専務とではなく。やはり、怪しいと睨んでいるのは社長のほう……？

祢々はそわそわと周囲を見回した。遠流はどこにいるのだろう。

（――――いた）

中心から少し外れた壁際。ふたりはパーティーの賑《にぎ》わいに背を向けて何か話し込んでいる。和やかに歓談しているとは思えない、深刻そうな雰囲気だ。

社長は青ざめた顔をやたら左右に振っていたが、やがてよろよろとその場を離れ、出入り口へ向かった。どうしたのだろうと、後を追おうとすると、ぽんと肩を叩かれた。

「祢々さん、やっと見つけた」

「と、遠流……」

「どうしたの？」

「あ……。うちの社長を……見かけて……」

「ああ、来てたね」

何食わぬ顔で彼は頷いた。

「喋ってたでしょう？」

「あ、見てた？　うん、なんだか具合が悪そうでね。今日はもう帰るって」

そう……と祢々は頷いた。青ざめていたのは具合が悪かったからなのか、遠流との会話が原因なのか、わからない。祢々の位置からは遠流の表情はよく見えなかった。

「祢々さんも顔色よくないね。疲れた？」

「え？　ええ、そうね。少し……」

「ラウンジで一杯飲んで帰ろうか」

「帰っていいの？」

「別にかまわないさ。パーティーの責任者は兄さんだからね。今回俺はただの客」

「じゃあ、ご挨拶して――」

「いいって。下手に挨拶なんかすると引き止められる。さっ、行こう」

強引に手を引かれ、ためらいながら歩きだす。

最上階のバーではなく、バンケットフロアの二階上にあるラウンジで、祢々はスパークリングレモネード、遠流はバーボンをのんびり飲んでいると、カツッと硬質なヒールの音がすぐ側でした。

「ここにいたの」

顎を軽く反らして不機嫌そうに見下ろしたのは東雲ミレイ――遠流の妹だ。彼女はこちらの都合を訊きもせず、遠流の左手、祢々の対面に腰を下ろし、長い脚を優雅に組んだ。

「邪魔なんだけど」

兄妹の気安さからか、遠流がにべもなく言う。ミレイは小馬鹿にしたように鼻を鳴らした。

「るーくん、本当にこの人と結婚するつもり？」

「する」

間髪入れずに答え、遠流はバーボンを一口飲んだ。

「やめたほうがいいと思うな。お兄ちゃんはあんなこと言ってたけど、るーくんは束縛されるの嫌いでしょ。秘書に管理《マネジメント》してもらうのは仕事だけにしなよ。絶対すぐ厭になるに決まってる」

「ならないよ」

遠流の答えはきわめてそっけない。祢々にはうるさいくらい話しかけてくるのに。

「なるよ絶対！　るーくんの性格は、よーくわかってるもの。わたしはるーくんのストレスにならないやり方を心得てる。るーくんの才能をもっと生かしてあげられるわ。会社勤めなんてイヤなのよね、本当は。写真家として生きたいんでしょ」

「写真は趣味で満足してる」

「もったいないよ！　個展だって盛況だったし、写真集も増刷かかったのよ？」

（——個展？　写真集？）

祢々はまじまじと遠流を見た。まさかそんなに本格的だとは思わなかった。

「そっち方面の才能をもっと生かそうよ！　わたしが適切にマネジメントしてあげるから」

「祢々さんにしてもらうからいい」

「わたしのほうがずっと人脈は広いよ！　マスコミ関係の知り合いもいっぱいいるし、ハリウッドスターにだって——」

「興味ないね。俺は今の仕事が好きだし、趣味も充分に楽しんでる。だから邪魔しないでくれ。以上」

ミレイは眉を吊り上げ遠流を睨みつけた。

「どうしてわかってくれないの⁉　るーくんのこと好きってずっと言ってるのに！」

「俺が好きなのは祢々さん」

きっぱり言われ、ミレイはキッと祢々を睨みつけた。視線がナイフなら間違いなく刺されているレベルの激烈さだ。

「わたしは諦めないよ⁉　おばあさまに頼むわ、るーくんと結婚させてって！　絶っっ対、このひとよりわたしのほうが、るーくんにふさわしいんだからっ」

昂然と宣言すると、ミレイは注文を取るタイミングを計っていたウェイターを突き飛ばす勢いでラウンジを出ていった。遠流は溜息をつき、バーボンのお代わりを頼むと残っていたチェイサーをぐいと飲んだ。

「…………結婚？」

唖然とする祢々に、遠流は肩をすくめた。

「従兄妹なんだ、本当は」

「そうなの⁉」

「俺の実の母親は、お父さんの妹でね。なんというか……ちょっとアレな人で」

「アレ？」

「恋多き女ってやつ。実父は不明……というか、母以外は知らない。少なくとも日本人じゃないね。たぶん北欧系」

どうりで日本人にしては色素が薄いと思った。

遠流の母は静流《しずる》という名前だが、性格は真逆でむしろ激流だそうだ。冒険家で旅行作家。日本にはめったに帰って来ない。

ある日突然生まれたばかりの遠流を連れて帰国し、一年ほど育児をするとまた外国へ行ってしまった。遠流は伯父夫妻の子として育てられた。

静流は息子が幼いうちは年に一度は帰国して一緒に過ごしたが、遠流が成長するに連れて帰国は間遠《まどお》になった。やがて遠流のほうも留学や仕事で海外に行くことが増え、ここ数年は全然会っていないという。

「外国で会ったりしないの？」

「タイミングが合えばね。でもあの人は大体連絡が取りにくいところにいるから」

遠流は二杯目のバーボンのグラスを軽く振った。氷がからりと回る。

「祢々さんに会わせたくても、いつになるやら。……ミレイにはちょっと困ってるけど、晃人兄さんとも、大地とも仲はいいよ。ふたりとも俺を本当の兄弟と思ってくれてる。大地は俺が本当は従兄だと知ったとき『そんなのやだー』ってわーわー泣いてた。ミレイは『従兄妹同士なら結婚できる』って喜んで飛び跳ねたな。しかし、まさか未だに言うかねって」

苦笑した遠流は、軽く首を傾げて祢々を見つめた。

「俺が好きなのは、本当に祢々さんだから」

「…………うん」

祢々は頷き、照れ隠しのようにストローを吸った。レモネードはもはや氷が溶けた水の味しかしないのに、なんだか甘く感じられる。

腕を組んでラウンジを出た。駐車場で待機していた穂積執事を呼び、彼の運転でマンションへ戻る。部屋の前まで来ると、遠流は言った。

「今日は俺、帰るよ。パーティー、付き合ってくれてありがとう」

「こちらこそ、ご家族に紹介してもらえて……嬉しかった」

照れながら正直に言うと、遠流は微笑んで身をかがめた。優しく唇が重なる。

「また会社で」

「ええ、おやすみなさい」

「おやすみ」

彼はもう一度唇を軽く吸うと去っていった。通路を曲がって見えなくなるまで見送ってから部屋に入る。見慣れた部屋が妙にがらんとして見え、寂しさを追い払うようにかぶりを振った。

「……お風呂入ろう」

声に出して呟き、祢々は着替えを始めた。

ゆっくりお風呂に浸かってドライヤーで髪を乾かし、歯を磨いて出てくるとスマホに遠流からメッセージが入っていた。

『お疲れさま。ゆっくり休んで』

祢々は微笑み、『遠流もね。おやすみ』と返信し、丸くなって眠る犬のスタンプを送る。

しばらくベッドでごろごろしているうちに、ふと思い出してSNSを久しぶりに眺めた。ここしばらく慌ただしくてチェックしていなかった。フォローしている写真家が何か新しい作品をアップしてるかも。

タイムラインを流し見ていた祢々は、一枚の写真にハッとして指を止めた。

青い花の写真。ネモフィラ畑。

（――――え？　これって……）

満開のネモフィラに埋めつくされた丘陵地と真っ青な空が、ゆるやかな曲線を描いて繋がっている。その狭間《はざま》に立つ小さな人影はシンプルな白いワンピースの後ろ姿で、振り返ろうとする瞬間を切り取ったかのような横顔だ。

手庇《てびさし》するように上げた腕の翳《かげ》になっていて顔立ちは判然としない。かすかに開いた唇は笑っているようでもあり、何か言いかけているようでもある。

低い位置からローアングルで撮っているため手前のネモフィラが大きくボケている。真っ青な空が迫ってくるような、あるいは逆に空に吸い込まれそうな、不思議な非現実感が漂う。

写真をピンチアウトで拡大して見つめているうちに、じわじわと頬が熱くなった。

（これって……あのときの……？）

遠流との初デート。連れて行かれたネモフィラ畑で、遠流は持参したカメラでたくさん写真を撮っていた。邪魔にならないよう、祢々がひとりでぶらぶら歩いていると、ずいぶん離れたところから『祢々さーん』と呼ばれた。

振り向いても彼の姿が見えずとまどっていると、ひょこっと立ち上がった彼が満面の笑みで手を振った。ほとんど寝転がるような体勢で撮っていたらしい。

不審者と思われたらどうするのよ、と呆れて文句を言うと彼は頭を掻いて笑っていた。

写真の投稿者は、祢々がフォローしている謎の写真家だ。眺めている間にもシェアやイイネの数がどんどん増え、何十件もリプライが続いている。

「……遠流、なの……？」

画像ソフトを使ってかなり加工されているようだ。周囲にいた人々はすべて消されているし、ワンピースの色も違う。だが構図はあのときカメラの液晶モニターで見せてもらったものと同じだ。

ラウンジに押しかけてきたミレイも言っていたではないか。

『個展だって盛況だったし、写真集も増刷かかったのよ？』

祢々はカーッと赤くなってベッドにばったり倒れた。

「嘘ぉっ……！」

電話かメッセージで問い詰めようとして、やっぱりやめようとスマホを伏せる。肯定されてもどう反応していいかわからない。

祢々はしばらくスマホ画面を開いたり閉じたり、無意味にごろごろ転がったりした挙げ句、その写真をこっそり保存した。

とりあえず寝よう！　と決意して部屋の灯を消したものの、胸のドキドキが収まらずなかなか寝つけなかった。

第八章　恋も仕事も完全包囲！

翌日の日曜日。祢々は心の準備を整えた上で思い切って遠流に電話した。呼び出し音がいくら鳴っても応答はなく、緊張しきっていた反動で一気に拍子抜けしてしまう。

普段は呼出音を二回くらい鳴らしただけでハイテンションに応答するのに。

気を取り直し、溜まった家事を片づけることにする。掃除や洗濯が終わっても遠流から電話もメッセージもなかった。無視するとも思えないから、たぶん気付いていないのだろう。

夕方になっても夜になっても電話は通じず、祢々はイライラを通り越して心配になった。

事故にでもあったのでは？　でも、それなら秘書である自分に連絡くらいあるはずだ。

そして週明け。何かあったんじゃなければいいけど……と危ぶみながら祢々は出社した。ふだんと変わらぬ課内ミーティングを終え、副社長室へ行く。課長も何も言っていなかったし、とりあえず事故の可能性はなさそうだ。

デスクを軽く拭こうとして、机の隅に置かれた観葉植物の陰にスマートフォンがあることに気付いた。

（……もしかして、忘れていったの？）

迷いつつ画面をちょんとタップしてみると、祢々から複数回電話があったことが記録されていた。やっぱり忘れたんだ……と溜息をつき、ふと祢々は思い直した。

土曜日、パーティーの前後に彼がスマホを使っているのを確かに見た。ということは……彼は祢々を自宅へ送った後、ここへ来たのだ。

（たぶん土曜の夜……ね）

ひょっとしたらあのおやすみのメッセージやスタンプは会社から送ったのかもしれない。置き忘れたのが日曜なら、昼前の祢々からの電話に出たはず。

休日の夜に何してたのよ……と眉をひそめると、いつもの調子で軽快に遠流が入ってきた。

「おはよう！　壺井さん」

「おはようございます」

即座に仕事モードに切り換えて慇懃に一礼すると、にこやかに頷いた遠流がいきなりすっとんきょうな叫び声を上げた。

「あっ、俺のスマホ！　ここにあったんだ」

「忘れて行かれたんですね」

「いやぁ、どこ行っちゃったかと昨日家のなかを必死で探したんですよ～。ソファの隙間とか。どうりでないと思った……あぁ⁉　祢々――壺井さんからの電話がこんなに⁉」

「……別に大した用があったわけではありませんので」

「用もないのに電話してくれたんですか？　感激だなぁ。——で、どうしました？」

「別に……なんでもありません」

例の写真について訊こうとしたのだが、公私混同厳禁！　と自ら宣言した以上、今ここで尋ねるのは気が引ける。

「壺井さん、怒ってます？」

不安げに問われ、祢々は急いでかぶりを振った。

「怒ってません」

「本当に？」

「本当に怒ってませんから。……後でちょっとお訊きしたいことが」

「なんでしょう」

「終業後にお願いします」

「昼休みでもいいですよ？」

「終業後で！」

「わかりました。楽しみにしてます」

にっこり、と遠流は涼やかな笑みを浮かべた。仕事仕事と呪文のように唱えながらしかつめらしい顔で本日の予定について確認を取っていると、副社長のデスクで電話が鳴りだした。

「失礼」

断って遠流が受話器を取る。長引くようなら出直そうと様子を窺っていると、彼は眉根を寄せて聞き返した。

「なんだって？　社長がいない？」

驚いて祢々は遠流を見つめた。いくつか指示を出し、彼は受話器を置いて椅子にもたれた。

「──あの。社長がどうかされたんですか？」

「行方がわからないそうです。連絡が取れないと」

「え!?　奥様は、なんて……？」

「それが、夫人はお茶だかお花だかのお仲間と海外旅行中で、先週から不在なんだ」

子どもは独立し、家政婦や庭師など使用人は複数いるものの全員が通いだ。ここしばらく社長は気ままな一人暮らしを満喫していたらしい。

今朝早くいつものように家政婦たちが来て朝食を作り、起こしに行くとすでに社長はいなかった。慌てて荷造りした痕跡があったため、急な出張でも入ったとばかり思っていたという。

「運転手は？」

「羽田に送ったそうだ。高飛びだな、これは」

「高飛びって──」

したり顔で頷く遠流に、冗談言ってる場合かと呆れた祢々は、ふとパーティーでの出来事を思い出した。

「……社長に何を言ったんです？　パーティーで。気分が悪いから帰るって言ってたけど、本当は何か深刻な話をしてたんじゃ」

「逃げられませんよって言ったんだけどねぇ」

ニヤッと遠流はしたたかな笑みを浮かべた。ふだんは無邪気そうなのに、時折こういう顔をするからヒヤリとさせられる。

「遣い込みの証拠を押さえた。会社のカネを私的な投資につぎ込んでたんだ」

「何に？」

「錦鯉」

やっぱり……と祢々は眉間を押さえた。

「盆栽もね。結局どっちも詐欺で、合計二億の大損」

「二億!?」

「あの人、自分自身の財産はたいして持ってないんだ。住んでる屋敷も別荘も本家のものをタダ同然で借りてるだけだし、相続した遺産はとっくに使い果たしてる。無駄遣いしなければ役員報酬でじゅうぶんやっていけるのに、カネのかかる趣味がどんどんエスカレートしてね。夫人もジュエリー好きでハイブランドのものばかり大人買いしてたから」

祢々は唖然として言葉も出ない。

「……それで社長の行方は……？」

「さぁね。どこでもいいよ、どうせクビだから。はっきり言って、あの人は一族のお荷物だった。亡くなった先代会長の、お気に入りの甥っ子ってだけで。よく面倒を見てやるようにと夫に遺言されたんで、おばあさまもしかたなく優遇してきたけど、そろそろ我慢の限界らしい。大地も言ってたように、やっぱり年取って堪え性がなくなったんだろうね」

「でも、社長が行方不明というのは……問題なのでは……」

「病欠ってことにして、俺が代理を務める」

「ええっ⁉」

「当然でしょう、私は副社長なんですよ？」

また馬鹿丁寧な口調に戻って遠流はにっこりした。

確かに、社長に何かあれば業務の代行は副社長が行なうのは当然だ。

「邪魔者もいなくなったし、これでようやく本題に取りかかれる」

長い脚を組んでくるりと椅子を回す遠流を、面食らって見返した。

「本題？　社長が不正をしていることを調べに来たんでしょう？」

遠流は涼しい顔でにっこりした。

「壺井さん、社長付の秘書と話し合って、スケジュール調整してくれる？」

「……かしこまりました」

話を逸らしたわね……と思いつつ祢々は一礼してオフィスを出た。気にはなるが自分はあくまで秘書なのだから、秘書としての仕事に集中しなくては。遠流が思いどおりに動けるように。

その後、臨時の役員会が開かれて正式に遠流が社長代行となった。社長が『高飛び』したことを知っているのは副社長と専務、秘書課員の一部だけだ。

会議が終了して役員が出て行き、役員付き秘書たちも後に続く。と、檀野に呼び止められた。

「社長はどこに入院しているんでしょう？　お見舞いに行ったほうがいいですよね？」

小松田が左遷されて臨時の社長付となったものの、正式に決まる前に騒動が起きて檀野は不安そうだ。秘書課長は社長が行方をくらましたことを知っており、それを隠すために『入院中は自分が直接社長と遣り取りする』として檀野を祢々の補佐につけた。

「落ち着いてからでいいんじゃないかしら。とりあえず対応は課長に任せておけばいいわよ」

そうですね、と頷いた檀野と別れた祢々は、廊下の角で専務が常務のひとりと立ち話をしていることに気付いた。その常務は以前から専務と親しく、東雲一族との縁も特にないため遠流の副社長就任に不満そうだった。

「残念でしたね、専務。副社長さえいなければ、当然専務が社長代行だったのに」

「そんなこと言うもんじゃないよ、きみ」

「本当はみんな、専務にお任せしたかったんですよ。我が社の実質的なトップは専務ですし、次期社長は専務に違いないと思っていたのに。一時的な在籍みたいなこと言っといて、居座られてはたまりませんね」

「彼は本家の御曹司だ、うちのような中堅子会社に長居はしないんじゃないかな」

「そう願いたいですね。ま、副社長が社長になったとしても、たいして変わりませんよね。どっちにしろ専務あってこその我が社ですから」

　常務のごますり口調に、物陰で話を聞いていた祢々は眉をひそめた。常務は社長が本当は行方不明だということを知らず、単なる入院だと思っている。

　それにしたって少しくらい心配したっていいのでは？　と社長が少しかわいそうになった。会社のカネを二億も遣い込んだとはいえ、それはまだ表沙汰になっていないのだ。

（専務は遠流が本家の実子じゃないことを知らないのかしら……）

　知っていて黙っているのかもしれないが……遠流の口ぶりからすると事実を知っている人間はごく限られているようだ。

　もっとも、公表されたところで遠流が現会長の孫であることは変わらないのだからたいした影響はないだろう。

　やがてふたりが立ち去る気配がした。覗いてみると、遠ざかっていく専務の後ろ姿が見えた。澄まし顔で後ろから歩き始め、専務が廊下の角を曲がって見えなくなったと思うと、そちらから電話の呼び出し音が聞こえてきた。

「はい」

専務が応答する声が聞こえる。祢々はそのまま歩いていったのだが、角を曲がりかけたところで専務が「社長?」と言うのが聞こえ、反射的に壁に貼りついてしまった。

「――今どこにいるんですか」

専務の声は冷ややかで、心配というより非難めいている。

「……いいですよ、しばらくそこにいてください。こっちはどうにかします。……いや、無理でしょう。ああ見えて彼は容赦ないですからね。身内だろうと手加減はしませんよ。もともと親しくしてたわけでもなし」

彼というのは遠流のこと?

「……失礼、他の電話が入りましたので。万が一見つかっても余計なことを喋らないように。いいですね? それじゃ。――Hello」

今度は英語で話し出した。話を切り上げる言い訳ではなかったようだ。

立ち聞きするのは気まずいが、専務の応対はどうも怪しい。社長が専務に泣きついてもおかしくはないけれど、『どうにかする』はともかく『余計なことは喋るな』というのは解せない。

まるで専務も不正に関わっているかのような――。

(――あっ)

遠流が言っていた『本題』というのはこのことなのでは？　不正を働いていたのは社長ひとりではなく、専務も……あるいは社長の不正を知りながら放置していたとか……。

専務は英語での遣り取りを続けているが、仕事の話にしてはなんとなく違和感があった。株がどうのこうの……。え？　非公開株……？

その後も『売却』とか『契約』とかの単語が聞き取れて、祢々の違和感はますます強まった。うちはリゾート開発会社であって投資会社ではない。やはり会社の仕事の話ではなさそうだ。

やがて専務の声が少し尖った感じになった。苛立った様子で『急すぎる』と抗議していたが、結局渋い口調で同意した。とあるホテルの名称が上がる。そこへ向かうのだろうか？

会話が途絶え、専務の溜息が聞こえた。

(——えっ、こっち来る⁉)

焦った祢々は思い切って進むことにした。いかにも今やってきたところを装って。このフロアの廊下は上質なカーペットが敷いてあって靴音が響かないから疑われないはず。

「おっと」

「すみません！　——あ、専務でしたか」

専務はふだんと変わらぬ穏やかな顔で頷いた。

「壺井さん。ちょうどよかった」

「なんでしょうか」

「社長の代役で、人と会うことになっていてね。ちょっと準備するものがあって、秘書に地下倉庫へ行ってもらったんだが、時間がかかってるようだ。手伝ってもらえないだろうか」

「わかりました」

怪しいと思いつつ、顔には出さず頷く。悪いね、と苦笑し、専務は総務に用があるからと途中までエレベーターで一緒に降りた。

エレベーターの中で、専務は溜息まじりに「社長はどこ行ったんだろう」と呟いた。心配ですねと応じながら、祢々は背に冷や汗をかいていた。

(さっき電話で話してたじゃないの)

やっぱり専務は怪しい！　しかしそれをエレベーターの狭い箱のなかで面と向かって言うわけにもいかない。

専務が降り、祢々はしかたなくそのまま地下フロアまで下った。適当な階で降りればいいものを、思い付かないあたり相当動揺していたようだ。

扉が開くとハッとして何も考えずに降りてしまい、やっぱり遠流に話そうともう一度乗り込もうとした鼻先で扉が閉じた。

慌てて開ボタンを押したが、エレベーターは上昇を始めてしまった。上で呼ばれているようで、階数表示がどんどん上っていく。

しかたないと溜息をつき、どうせしばらく待たなきゃいけないんだから……と倉庫を確認することにした。もしかしたら専務の言葉どおり秘書が探し物をしているかもしれない。社長の居場所は知らないふりしても、全部が嘘とも限らないし。

地下の倉庫には昔の書類やパンフレット、キャンペーンで使う雑貨、社内の不用品などが放り込まれている。そういえば社長が担当していた外国人向けアクティビティに使う物品もいくつかあったような。

倉庫のドアに鍵はかかっていなかったが、中は真っ暗だった。壁を手さぐりしてスイッチを入れると、蛍光灯のしらじらとした灯にスチール棚の列が浮かび上がる。

「誰かいます？」

いるわけないと思いつつ、いちおう声をかけてみる。答える声はなく、やっぱりね……と溜息をつくと同時に、背後でガシャンとドアが閉まった。

鍵をかける音に慌ててドアを叩く。

「ちょっと!?　何するのよ、開けて！」

拳でドアを叩いても、外からの応答はない。祢々は憤然としてポケットからスマホを取り出した。誰かを呼んで開けてもらうしかない。そうだ、ついでにさっきのことを遠流に――。

「圏外!?　じょ、冗談でしょっ」

焦ってスマホをあちこちかざしてみたが、Wi-Fiは表示されずアンテナも立たない。まさか社内に電波が通じない箇所があったとは。

「どうしよう……」

電灯のスイッチは室内にあったので、とりあえず真っ暗闇でなくて助かった。しかし、この階には社員はめったに来ない。清掃業者と警備員は定期的にやってくるはずだが、夜か早朝だろう。今はまだ昼前だ。

「……やっぱり専務のしわざ……よね」

総務課に用があるなんて言って倉庫の鍵を取りにいったに違いない。立ち聞きしていたことに気付かれていたのだ。

「もうっ、こんなことしたってどうせすぐバレるのに！」

祢々がいないことに気付けば遠流はスマホにかけてくる。通じなかったら不審に思って探すはずだ。

（バレてもかまわない……ってこと？）

そういえば某ホテルの名前が出ていた。漏れ聞いた会話をつなぎ合わせると、祢々を閉じ込めているあいだにそこでなんらかの『契約』を行なうつもりだろう。当然、裏取引に決まっている。

じっとしていられず、祢々はスマホをあちこち向けながら倉庫のなかをうろうろと歩き回った。高いところへ上ればどうだろうかと、移動式の踏み台にも乗ってみたが、やっぱりだめだ。

腕時計で時間を確かめるとそろそろ正午に差しかかっている。遠流はまだ気付かないのか。

彼がスマホを会社に置き忘れたせいで昨日は連絡がつかなかったことを思い出し、祢々は眉を吊り上げた。

「もうっ、肝心なときに――」

毒づいたとたん照明が瞬き、消えてしまう。真っ暗闇で呆然としているといきなり呼出音が鳴り始めた。表示された名前は『副社長』。

「遠流っ」

公私混同厳禁を忘れ、思わず叫んでしまった。

『――祢々さん？　どうしたんだ、どこにいるの』

ただごとではないと察したか、遠流の声に緊張が走る。

「倉庫っ……地下の――。もしもし？　もしもし!?　遠流っ」

通話は切れてしまっていた。祢々は半泣きでスマホを睨んだ。

「何よ、もうっ」

倉庫と告げたのはちゃんと聞こえただろうか？　祢々はスマホのライトを点《つ》けて倉庫内をうろうろしたが、圏外表示のままだ。

さっきのはなんだったのよと泣きそうになると、バン！　と扉が鳴った。慌てて駆け寄り、力任せにドアを叩く。

「助けて！　助けてぇっ」

「祢々さん⁉」

「遠流っ、専務に閉じ込められたのっ……」

「待って、今開けるから。――入江、早く」

「は、はいっ、……あ、あれ⁉　なんで開かないの？」

「鍵が違うんじゃないのか⁉」

「そんなはずは……」

焦る入江の声に、別の男の声がかぶる。

「合い鍵から作った合い鍵じゃねぇの？　それだと開かない場合あるぞ」

広報課の日羽のようだ。

「そんなぁ。オリジナルは折れちゃって、元の合い鍵は専務が持ち出したままなんですよぉ」

「どけ！　蹴破る。――祢々さん、離れてて」

遠流が怒鳴り、ガン！　と激しくドアが揺れた。

「手伝います！」

日羽が叫び、さらにけたたましい音をたててドアが揺れる。厳重な金庫などではないので、ふたりがかりで何度か蹴ると鍵が折れてドアが開いた。

「祢々さん！　無事か⁉」

「遠流っ」

廊下の灯がパッと射し込み、飛び込んできた遠流に無我夢中で抱きつく。彼もまたひしと祢々を抱きしめた。

「怪我はない？」

「大丈夫……」

「よかった～」

遠流は安堵の息をつき、改めて祢々を抱きしめた。彼の肩ごしに、目をキラキラさせて身悶えする入江と、ぽかんとしている日羽が見え、我に返った祢々は焦って遠流を押し戻した。

「だ、大丈夫ですからっ。——それより専務が！　専務の様子が変でした。社長の居場所も知ってるみたいで……」

「だと思った。専務がどこへ行ったかわかる？」

某ホテルを挙げると、遠流は不敵な笑みを浮かべた。

「後でいいと思ったけど、祢々さんにこんなことした報いは受けてもらわないとね」

彼はスマホを取り出し素早く操作した。

「——檀野くん？　車を用意してもらえるかな。急用でね。うん、急ぐから営業用のでもいいよ。地下車庫で待ってるんで、よろしく」

スマホをしまい、彼はにっこりした。

「さて、専務の吠え面《ほえづら》を拝みに行こうか。——入江くん、ドアの修理頼むよ。日羽くん、ありがとう、助かった」

　腕を取られ、祢々は面食らいながら従った。

「……なんで日羽くんまで？」

「たまたま途中で出くわしたんだ。祢々さんが危ないと知ったら血相変えてついてきた。いずれ事情を訊かないといけないな」

「同期入社ってだけよ！」

「向こうはそれだけじゃなさそうだけど。まぁいいや」

　遠流は祢々の手を取って、地下二階に降りた。そこは駐車場になっている。少し待つと檀野が走ってきた。

「すみません、お待たせして。運転は俺がします。何度か役員の送迎したことあるんで」

　銀色の旧型ハイブリット車で会社を出る。車中から遠流は誰かに電話した。

「――どう？」

　相手の答えを聞いて、彼は満足そうに頷いた。

「ああ、そのまま続けてくれ。なに、ちょっとしたハプニングがあってね。今そっちへ向かってるとこ。……そうだな、契約が済んだら雑談でもしてちょっと引き止めておいて。じゃ」

　スマホをしまった遠流に、祢々は小声で尋ねた。

「契約って何？　さっき専務も、誰かと英語で何かの契約について話してたのよ」

「すぐにわかるよ」

悪戯っぽく遠流は微笑んだ。

車は順調に進み、まもなく東京駅にほど近い某高級ホテルに到着した。檀野には駐車場で待つよう指示し、遠流は祢々を連れてエレベーターで二十八階まで上がった。ロビー横の優雅なラウンジへと入っていく。

近づいてきたスタッフに何事か低声で告げると、奥まったテーブル席へ案内された。大きな窓からスカイツリーが見える。ふたりに気付いた専務が傲然《ごうぜん》とした笑みを浮かべた。今まで見たことのない表情に祢々は軽くショックを受けた。

「一足遅かったな。私と社長の持ち株はすべて売却してしまったよ。こちらのエオス・キャピタルさんに」

専務の対面に座っていた男性が振り向いた。黒髪に蒼い瞳をしたヒスパニック系のクールなイケメンには見覚えがある。

ロバート・バーンズ。投資会社エオス・キャピタル・インターナショナルの最高執行責任者《COO》だ。以前、遠流は彼に頼んで某デザイナーのパーティーの招待状を彼に都合してもらった。

（どういうこと……？　彼は遠流の友だちなんじゃ……？）

それに、エオス・キャピタル・インターナショナルはベンチャーキャピタルで、出資相手は株式上場前の企業やスタートアップ企業がメインのはず。

東雲R&Vは株式非上場ではあるが、今後も上場の予定はない。株はすべて東雲一族が保有しており、売買は禁止されている。

遠流は焦ることなく悠然と微笑んだ。スタッフに椅子をひとつ持ってこさせて祢々を座らせ、自分はロバートの隣に腰を下ろす。

「専務が社長の持ち株をひそかに買い取っていたことは調べがついてます。亡くなった奥方から相続したぶんと合わせ、東雲R&Vの筆頭株主はいつのまにか専務になっていた。——でもねぇ、伯父さん。一族の持ち株は売買禁止なんですよ？」

「知ったことか。私は東雲一族じゃない。妻が亡くなって縁は切れてる」

吐き捨てるような口調に、遠流は薄い笑みを浮かべた。

「なるほど。それは決別宣言と取っていいんですね？」

「ああ、いいとも。東雲の姓も返上するよ。すぐにでも元の名字に戻すつもりだ」

「そして新たな名前で、外資に買収された会社の社長に就任……というわけですか」

「きみには辞めてもらうことになるな。別に困らないだろう？　御曹司のきみにはいつだって立派な椅子が用意されているんだから。なんなら元の部署へ戻ればいい」

くすりと遠流は笑った。専務の顔に不審げな翳《かげ》がよぎる。

「残念ですが、辞めてもらうのは専務、あなたのほうだ」

遠流は専務に不敵な微笑を向けたまま、ロバートに片手を突き出した。彼は驚きもせず、持っていた書類を渡してしまう。ぽかんとする専務の目の前で、遠流は書類を確かめ頷いた。

「確かに。あなたが所有していた東雲家の株はすべて返していただきました」

「なんだと……？」

にっこり笑って彼は一枚の名刺をテーブルに置いた。副社長のものではない。そこには『エオス・キャピタル・インターナショナル　最高経営責任者　東雲遠流』と書かれている。

首を伸ばして名刺を覗き込み、祢々は驚愕《きょうがく》した。

「と、遠流が……ベンチャーキャピタルの最高経営責任者《CEO》⁉」

「うん。実はそうなんだ。エオスはもともと俺とボブで始めた会社でね」

「う……嘘だ！　エオスのＣＥＯは別人のはず――」

「偽装するの、大変だったんだぞ」

ぼそっと呟いて、ボブ――ロバートが髪を掻き上げる。じろりと睨まれ、遠流は苦笑して拝むまねをした。

「だからごめんって」

「――騙したな⁉」

気色ばむ専務に向かって遠流は書類をヒラヒラさせた。

「あなたは用心深く、けっして自分が表に出ないよう細心の注意を払っていましたから。言っておきますが、この書類は完全に合法ですよ。専務、あなたはうちのお荷物社長をそそのかし、カネのかかる趣味にのめり込ませた。社長が詐欺に引っかかってるとわかっていたのに黙っていた。そしてカネを融通してやる代わりに社長の持ち株を自分名義に書き換えさせた。売るつもりはないから安心するようにと言って。あなたに頼りきりだった社長は疑いもせず言われるままにした」

遠流はじっと専務を見つめた。

「伯父さん。確かに社長はどうしようもない無能だが、あなたはさらに腐らせた。支えるふりをしながら、その実明確な悪意を持って。にっちもさっちも行かなくなるまで追い込んで株を奪ったんだ。そして東雲Ｒ＆Ｖを外資に売りつけるつもりでひそかに投資会社を探していた」

「……その情報を、きみの会社が掴んだ、というわけか」

「東雲の人間として阻止するより、投資会社として買ってしまったほうがてっとり早いと踏みまして。いわゆるマッチポンプ式にやらせていただきました」

「社長を脅して高飛びさせたのも作戦の内だったんだな」

「まぁね。社長には専務のことも含めて全部わかってると圧力をかけたんです。気の弱い社長は逃げ出すに決まっている。そうなればあなたも早急に動かざるを得ない。会長に阻止される前に株を売ってしまわないと……。そこでボブに、週明け早々破格の好条件を出すよう指示しておいたんです。ただし期限付きで。用心深いあなたも、怖《お》じ気《け》づいた社長にいきなり行方をくらまされて焦った」

「逃げきったつもりが逆に罠《わな》のど真ん中へ飛び込んだというわけか。ハハッ、ざまあないな」

専務は椅子の背にもたれ、片手で顔を覆って力なく笑った。

「で？　どうするつもりだ？　私を訴えるか」

「内輪《うちわ》揉《も》めをおおっぴらにするつもりはありません。あなたには本日付けで辞任していただきます。一身上の都合でも健康上の理由でもなんでもお好きなように。奥方から相続した株式分は適正価格で買い取りますよ。会社に損害を与えた分は、通常であればあなたに支払われたはずの退職金で補てんし、足りない分については、ま、手切れ金代わりということで」

「会長のお情けってわけか」

「かわいい娘が愛した人ですからね」

フン、と専務は鼻を鳴らして立ち上がった。

「偽善だな。これだから東雲の人間は嫌いなんだよ」

「そんなに東雲家が嫌いなら、伯母さんが亡くなったときにどうして縁を切らなかったんですか？　子どももいなかったのに」

専務は嫌悪と憎悪が入り交じった目付きで遠流を睨んだ。

「……御曹司のきみになど言われたくないね」

専務が大股にラウンジを出ていき、遠流はくすりと笑った。

「御曹司ねぇ。俺、本当は傍系なんだけど。実母はぶっ飛んだ人だし、実父は不明だよ？」

「専務はご存じないんですね」

「ルサンチマンってやつだろ」

にべもなく言い切ってロバートは立ち上がった。

「あれ、もう帰るの？　せっかくだから一緒にランチしようよ」

「忙しいんだよ。わがままCEOによけいな仕事を押しつけられてな！」

ロバートはぐいと遠流の耳を引っ張った。

「さっさと片をつけて戻ってこい。さもないと会社乗っ取るぞ？」

「わ、わかったよ。痛い、痛いって、ボブ！」

荒っぽく鼻息をついて遠流を睨んだロバートは、目を丸くしている祢々の手を取って優雅に唇を寄せた。

「ミズ壺井。あなたとはぜひディナーをご一緒したい。ふたりっきりで」

「何言ってるんだ、ダメに決まってるだろ⁉」

眉を吊り上げる遠流をせせら笑い、ロバートは悠然と去っていった。


その後。

ついでだからランチしていこうよ～とゴネる副社長を引きずるように祢々はラウンジを出た。

会社に戻ると本日二度目の緊急役員会が開かれ、社長不在の真相及び専務の背任が報告された。

まさかの事態に唖然とする役員たちに、遠流はきびきびと指示や提案を行なった。これまでの昼行灯《ひるあんどん》的な仮面を外した遠流に役員たちはすっかり気を呑まれた態で、社長と専務の即時解任、遠流の社長就任があっさり承認されたのだった。

高飛びした元社長はシンガポールにいることが発覚し、東雲家の監視付きで当分そこに留め置かれることとなった。旅行中の奥方も連絡を受け、夫の元へ飛んできた。

住まいだけは快適なホテル暮らしとはいえ、ふたりともクレジットカードを使用停止されたので買い物もままならないありさまだ。子どもたちは東雲グループ内の別会社で働いているが、立場がない、恥をかかされたとカンカンで断絶状態となった。

結局、元社長夫妻は自慢の錦鯉も盆栽もジュエリーもすべて売り払って遣い込みの返済に充て、自己破産した。先代会長の好意で住まわせてもらっていた広壮な屋敷からも出て、グループ企業が運営する賃貸マンションの一室でひっそり暮らすことになる。

専務は会社に戻らず、どことも知れず姿を消した。彼が売り払った株はエオス・キャピタル・インターナショナルから東雲ホールディングスが買い取るかたちで元に戻った。

実質的に会社を仕切っていた専務が突然いなくなり、一時は社員のあいだに不安が広がったものの、遠流は卓越した経営手腕で乗り切った。

なんといっても彼は単なる御曹司ではなく、自力で投資会社を起こし、飛躍《ひやく》的に発展させた実績の持ち主なのだ。

社長となった遠流の辣腕ぶりには、彼をよく思っていなかった日羽を始め社員たちもみな度肝を抜かれたが、結果的にやる気が増し、停滞気味だった会社の雰囲気も変わった。

新体制での業務が軌道に乗った頃には長引いた梅雨も明け、本格的な夏が始まっていた。


「――乾杯」

「乾杯」

軽く触れ合ったグラスが、チンと涼しい音をたてる。

プールサイドのテラスでの、ふたりきりのディナー。

八月下旬。祢々は遠流と一緒にバリ島を訪れていた。リベンジしたい！　という遠流の謎の主張で、三泊四日の夏休みを過ごすことにしたのだ。

今回泊まるのは広い敷地に平屋の離れが点在するデラックスプライベートヴィラ。人気のラグジュアリーホテルが運営し、隣接するホテルの施設も自由に使える。

全室プール付きで広々としたキッチンも完備されている。南国ムードあふれる竹や籐《とう》のモダンな家具。プールを眺められるガラス張りのバスルーム。天蓋《てんがい》つきのキングサイズベッド。さらには各ゲストにパーソナルバトラーが付く。ゴージャスな非日常感にもはや溜息しか出ない。

ホテルのレストランも使えるが、遠流はコックを呼んでヴィラのキッチンでディナーを作らせた。日頃から執事を使っている遠流は慣れたものだが、祢々は未だに穂積執事との遣り取りにもそわそわしてしまう。

新鮮な魚介類や鮮やかなエディブルフラワーを使った目にも舌にも美味しいトロピカルディナーを満喫し、青い照明に揺らめくプールと満天の星空をソファで肩を寄せ合ってうっとり眺めていると、遠流が離れて控えていたバトラーに何か合図した。

バトラーは銀のトレイに光沢のある黒い小箱を載せて持ってきてサイドテーブルに置いた。

バトラーが姿を消すと、遠流は身を起こして座り直した。

「祢々さんに渡したいものがあるんだ」

改まった口調にドキドキしながら祢々も座り直す。珍しく遠流は緊張した面持ちで小箱を取り上げ、跪いて祢々に示した。天鵞絨《ビロード》の台座でダイヤモンドの指輪がキラキラ輝いている。

「結婚してください」

真剣そのものの表情で告げられ、息が止まる。遠流が不安そうに眉尻を垂れた。

「……いや？」

ハッとしてぷるぷるぷるっと激しく首を振る。

「な、なんて言ったらいいのか……わからなくて……」

遠流は軽く噴き出した。

「こういうときはYESかNOのどっちかだろ？　どっち？」

「も……もちろん……YES、に……決まってるでしょ」

途中で鼻がツンとして言葉に詰まってしまう。遠流は微笑んで祢々の隣に腰を下ろし、そっとリングを嵌めた。

「よかった、ぴったりだ」

祢々はさっと目許をぬぐい、指輪を見つめた。二本のアームが蔦《つた》様に絡まる繊細なデザインで、メインの石の左右にも小粒のダイヤモンドが嵌《は》め込まれている。

「素敵……」

「気に入ってもらえた？」

「もちろん」

大きく頷いて祢々はリングをそっと撫でた。

「……わたし、もらってばかりね。それも高価なものばかり……」

「値段なんて関係ないよ。祢々さんに似合うものを選んだだけ」

遠流が東雲R&Vとエオス・キャピタルの二社から役員報酬を得ていることはわかっていても、やはり未だに気後れしてしまう。慣れるしかないのだろうけど……。

「本当に似合ってる……？」

「すごく似合ってるよ。祢々さんの美しい指が、ますます綺麗に見える」

チュッと手の甲にキスされて、祢々は顔を赤らめた。

「……本当に、わたしでいいの？」

「祢々さんがいい。祢々さんじゃなきゃいやだ。……俺、モノにも人にもほとんど執着ないんだけど、祢々さんだけは別。暇さえあればギュッとして、イチャイチャベタベタしてたい。そう思ったの祢々さんが初めてなんだ。俺は冷淡な人間なんだと思ってたから、自分で自分にびっくりした。めちゃくちゃ驚いたな」

そう言って遠流は祢々を抱きしめ、はーっと溜息をついた。

「ほんと、かわいくてたまらないよ」

しみじみ言われると改めて気恥ずかしい。

「やっぱりちょっと、遠流は変だと思う……」

「でも好きだよね？」

「……うん」

頬を染めて頷く祢々に目を細め、遠流は優しく唇をふさいだ。

ちゅくちゅくと舌を鳴らして口腔をくまなく舐め尽くされる。キャンドルライトが映り込んだ彼の瞳が、情欲でとろりとぬめって見え、身体の芯がぞくぞくと不穏にわなないた。

ワンピースの上からそっと乳房を揉まれる。ブラをつけられないデザインなので、掌の熱がひどく鮮明に感じられた。

キスしながら膝を跨がされ、お尻の丸みを楽しむように撫でられる。ショーツに指をかけて引き下ろしながら遠流は甘く囁いた。

「祢々さんはどんどん敏感になってくね。ほら、もうこんなに」

「んッ……」

彼にしがみつき、ぞくんと背をしならせる。濡れた秘裂をゆっくりと掻き回され、ふくらんだ花芯をくりくりと捏ね回した指がつぷんと媚孔に沈んだ。

そのままずずっと挿入される感覚に祢々は肩をすぼめて喘いだ。

「あ……んぅ……」

「ふふ。するっと二本挿入ったよ。欲張りだね、祢々さん」

「ぁ……やン……っ」

指の動きに合わせて勝手に腰が揺れてしまう。唇が触れそうで触れない距離で遠流が囁いた。

「かわいく達《イ》けたらキスしてあげる。祢々さんが大好きな、トロトロに蕩けちゃうやつ。欲しいよね？」

「んん」

祢々はぎゅっと目を閉じ、淫らに腰を振り立てた。二本重なった指を扱くようにくなくなと腰を上下させるたび、卑猥な熱が溜まってゆく。

なんていやらしいことしてるんだろう……。霧がかったような頭の隅で思いながら、もはや理性では止められない。

　やがて臨界点を超え、痺れるような快感が押し寄せた。びくっ、びくんと痙攣する祢々の背を優しく遠流が撫でる。もう一方の手は根元まで指を柔肉に埋め込んだままだ。

「よくできました、かわいかったよ。さぁ、ご褒美をあげよう」

　ぬるりと熱い舌が侵入する。祢々は無我夢中で舌を絡ませ、舐め吸われる快感に酔った。ディープキスを繰り返すうちに指が抜かれ、代わりに熱く滾った剛直が隘路に滑り込む。

「あっ、あっ、あんっ」

　腰が跳ねるたび、ぱちゅぱちゅと淫靡な交接音がする。

「や……ッ、つけ、て、ないでしょ……っ」

「なかで出さないから」

　恨みがましく睨んでも、遠流はかえってそそられたかのように舌なめずりをしてみせる。

　結局、彼は挿入したまま情欲を解き放った。

「も……っ、嘘……つきッ」

「ごめん。せっかくの素敵なワンピースが汚れたらいけないと思って」

「できちゃったらどうするのよ⁉」

「問題ないんじゃない？　俺たち結婚するんだよね？」

「そ、そうだけど……っ」

涙目になる祢々の機嫌を取るように、彼は濡れた目許にチュッとくちづけた。

「ごめんね。今のはプロポーズに成功した喜びのあまりってことで、勘弁して？」

「……ちゃんと、結婚……してから……っ」

「うん、そうするよ。さ、お風呂入ろう。きれいにしてあげる」

彼はまだ物足りなそうな欲望をしまい込み、祢々を抱き上げた。そのままプールに面したバスルームに連れて行かれ、お湯を張るあいだにシャワーブースで汗を流した。

レインシャワーを浴びながら指を挿入されて精を掻きだされるのは相当恥ずかしく、しかもまた指で達《イ》かされてしまって恥の上塗りな気分になる。

照れ隠しもあってぷりぷり怒る祢々を、遠流は薔薇《ばら》の花びらを浮かべたバスタブで膝に乗せて恥ずかしげもなく甘やかした。こうして甘やかすために、わざと怒らせてるんじゃないかと思わず疑いを抱いてしまう。

お風呂から上がると、いつのまにか冷えたシャンパンが用意されていた。グラスに注がれるとそれは綺麗なピンク色をしていて、彼と最初に出会った夜をふと思い出した。

「……不思議。あのときは、まさかこんなことになるなんて思ってもみなかった」

「俺はこうなったらいいなと思ってたよ。やっぱり運命だった」

にっこりされて、祢々は赤くなってシャンパンを飲んだ。

「振られ酒で酔っぱらってクダを巻く女に運命を感じたの？」

「だからこそ運命じゃないか。それに祢々さんは俺のこと、出会う前から知ってたわけだろ？」

ＳＮＳでフォローしていた謎の写真家の正体はまさしく遠流だった。折りを見て尋ねると、彼はちょっと気恥ずかしそうな顔で頷いた。縁があったのは確かでも、それを言ったら遠流が果てしなくデレデレし始めそうなのでやめておこう。

「写真家としての活動は、趣味の範囲でいいの？」

「とりあえず今はビジネスがおもしろいから。将来はわかんないけど、こうして出かけたときに撮れればいいかなって今は思ってる。景色だけじゃなく祢々さんを撮る楽しみもできたし」

「撮るのはいいけど、投稿するのはわたしの写ってないのにして」

「顔はわからないようにする。俺もジレンマなんだよ。かわいい祢々さんを大勢に見せびらかしたい気持ちと、誰にも見せたくないという思いに引き裂かれてさぁ」

「世間一般的に、かわいくはないから！」

芝居がかって胸を押さえ苦悩の表情をする遠流を、呆れ半分に睨む。

「そんなことないよ！　誰がなんと言おうと、祢々さんは世界一かわいい」

大まじめに宣言され、祢々は赤くなった。

「……遠流にそう見えるなら、別にいいけど」

「大好きだよ、祢々さん」

「……うん」

「祢々さんは？」

「…………す、き」

「ちゃんとこっち向いて言ってよ。照れ屋さんだなぁ」

「悪かったわね！　わかってるならいいでしょ別にっ」

「んー、ほんとかわいい」

抱き寄せられ、頭を撫で撫でされてしまう。

いつだって遠流は祢々を安心させてくれる。意地を張っても、かわいげなくても。世界で一番かわいいよ、と満面の笑みで愛情たっぷりに抱きしめてくれる。

「……本当に、遠流のこと……好きだから」

やっぱり照れてしまって目を逸らしたままぽそりと呟く。遠流は祢々を抱きしめ、大好きな甘いキスをくれた。

「俺、知ってるんだ。意地っ張りな祢々さんを素直にする方法」

悪戯っぽく、ちょっと意地悪く、彼は微笑む。こういう顔もいいなと思ってしまうのだから、自分も相当イカれてる。

「ベッド行こう。気持ちよくしてあげる」

「……じゃなくて、一緒に気持ちよく……なりたいかな……」

にっこりと遠流は笑った。

悲しみに沈んでいたとき、この笑顔に救われた。

きっと、そのときとっくに彼のことを好きになっていたんだわ……。

差し出された手を、そっと取る。

願いどおりふたりそろって気持ちよくなって。うとうとする祢々を抱きしめて彼は囁いた。

「今度は消えたりしちゃだめだよ」

「……先にいなくなったのは遠流でしょ……？」

「大丈夫、スマホの電源は切った」

おどけた口ぶりに、ふふっと笑う。


目が覚めたら、ふたりで朝のビーチを散歩しましょう。

手を繋いで、笑って、キスを交わしながら。

それから、いつかブーケを投げ捨てた海で泳ぐの。

幸せいっぱいに、ね。

だってわたしたち、こんなにも愛せる人とめぐり逢《あ》えたんだもの——。

あとがき

こんにちは。このたびは『めちゃモテ御曹司はツンデレ万能秘書が可愛くってたまらない』をお手にとっていただき、誠にありがとうございました。楽しんでいただけましたでしょうか？

ガブリエラ文庫プラスでお目にかかるのはだいぶんお久し振りですが、前作の『ワイルド社長の甘ふわおめざ』に続いて今回も小禄先生に美麗《びれい》かつ萌え滾るイラストをつけていただくことができました。ありがとうございます！

作中、ヒーローは某犬種を彷彿とさせる……とされているのですが、キャラクターラフを拝見したとき、まさにそのとおりで驚きました。いやほんと、絵描きさんて凄いですね……！

今回のお話は南の島で始まって南の島でハッピーエンドなのですが、予算はともかく時節柄なかなか気軽に海外へ遊びに行くというわけにもいきませんね。

写真を眺めつつ、あ～行きたいな～と悶えながら書いていました。少しでも南国リゾートの雰囲気を味わっていただけたら嬉しいです。

それでは、またいつかどこかでお目にかかれますように。ありがとうございました。

小出みき

めちゃモテ御曹司はツンデレ万能秘書が可愛くってたまらない　キャラクターデザイン：小禄
■東雲遠流■
■壺井祢々■
小禄先生のキャラクターデザイン♥

ガブリエラ文庫プラス
gabriella plus

MGP-064

めちゃモテ御曹司はツンデレ万能秘書が可愛くってたまらない

2021年1月15日　第1刷発行

著　者　小出みき　©Miki Koide 2021

装　画　小禄

発行人　日向 晶

発　行　株式会社メディアソフト
〒110-0016　東京都台東区台東4-27-5
tel.03-5688-7559　fax.03-5688-3512
http://www.media-soft.biz/

発　売　株式会社三交社
〒110-0016　東京都台東区台東4-20-9　大仙柴田ビル2F
tel.03-5826-4424　fax.03-5826-4425
http://www.sanko-sha.com/

印刷所　中央精版印刷株式会社

小出みき先生・小禄先生へのファンレターはこちらへ
〒110-0016　東京都台東区台東4-27-5 (株)メディアソフト
ガブリエラ文庫プラス編集部気付 小出みき先生・小禄先生宛

ISBN　978-4-8155-2059-5　Printed in JAPAN